新訳

ドリトル先生の月旅行

JN010000

ヒュー・ロフティング
河合祥一郎＝訳

角川文庫
22796

Doctor Dolittle in the Moon
by Hugh Lofting
1928

新訳　ドリトル先生の月旅行　目次

Doctor Dolittle in the Moon

この本に登場する人間と動物たち

ジョン・ドリトル先生 John Dolittle
動物と話せるお医者さんで、博物学者。
最近は、虫語と植物語もマスター。

トミー・スタビンズ（ぼく） Thomas "Tommy" Stubbins
先生のただひとりの助手。
家族と離れ、先生たちと月へやってきた。

ポリネシア Polynesia, the parrot
物知りのおばあちゃんオウム。
月旅行では、チームの偵察役。

チーチー Chee-Chee, the monkey
アフリカ生まれのサル。
月では食べ物を調達してきてくれる。

ガブガブ Gub-Gub, the pig
食いしんぼうな子ブタのぼうや。
泣き虫であまえんぼう。

ダブダブ Dab-Dab, the duck
おかあさんみたいに
先生のお世話をするアヒル。

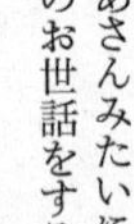

ジップ Jip, the dog
とんでもなく鼻がきくオス犬。
先生のおうちの番犬。

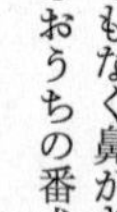

トートー Too-Too, the owl
オスのフクロウ。算数が得意。
耳がすごくいい。

おしゃれユリ The vanity lilies
美しくておしゃべりなユリたち。
目が見え、動ける。

月の男 The Moon Man
地球から月へ、
先生を呼びよせた謎の巨人。

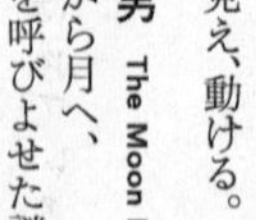

第一章　新世界に着陸

月でのわれわれの冒険譚《たん》を書くに当たって、医学博士ジョン・ドリトルの秘書であるぼく、トマス・スタビンズ（湿原のほとりのパドルビーの靴屋ジョン・スタビンズの息子）は、大いに困惑しています。毎日毎時間次々に刺激的なことが起きていたあの数週間のことを思い出すのは容易なことではないからです。たしかに、ぼくは先生のために何冊もの膨大なメモをとりましたが、書きとめたのはたいてい科学的なことばかりでした。ところが、この本では、科学者ではなくて一般読者のためのお話をすべきでしょう。それで、こまってしまうのです。

この物語をどのようにお話ししたものか。人によって、旅行のなにを知りたいか、ずいぶんちがうものです。あるとき、犬のジップに相談してみようと、数章の下書きをジップに読み聞かせてから、意見を聞いてみました。すると、ジップは、月にネズミがいたかどうかにしか興味がないとわかりました。さて、月にネズミはいたでしょうか？　わかりません。月でネズミなんて見たおぼえはありませんが、きっとまあ、ネズミに似た動物ぐらいいたのでしょう。

次に、ブタのガブガブに聞いてみました。すると、ガブガブがもっぱら聞きたがるのは、「どんなお野菜を食べたの？」ということでした。(アヒルのダブダブは、「ガブガブなんかに聞いたりして、ばっかじゃないの」と、ぼくをしかりました。)ぼくのおかあさんにも聞いてみました。おかあさんは、下着に穴があいたときはどうしたのかと、生活のことばかり知りたがり、ぼくはちっとも答えられませんでした。それから、ぼくは、マシュー・マグのところへ行きました。マシューが聞きたがったことは、おかあさんやジップよりも、ひどいものでした。月に店はあったか、犬やネコはどんなだったかなんて聞くのです。このネコのエサ売りのおじさんは、月がパドルビーやロンドンの下町とたいして変わらないと思っていたようです。

そう、月についてみんなが知りたいことを調べても、あまり意味はありません。だれもが一番知りたいことを話すのは、むずかしそうです。それで思い出すのは、ぼくが先生の助手になりたくて初めて先生の家にやってきたときに、おばあちゃんオウムのポリネシアが、ぼくに「よく気がつくほうかい？」と質問したことでした。ぼくは、自分ではとてもよく気がつくほうだと思っていました。でも、今となっては、当時はぜんぜん気がつくほうでなかったとわかります。だって、ぼくらの旅行の物語を一般読者むけにおもしろくできるようなことなんて、なにひとつ気にとめていなかったわけですから。

　もちろん問題は注意力です。人間の注意力はバターみたいなもので、ある程度うすくのばせますが、限度があります。あまりにも多くのことにうすくのばすと、おぼえていられなくなります。そしてもちろん、月で目をさましているあいだじゅう、あまりにも多くを見聞きし、考えていたわけですから、あれもこれもはっきりとおぼえているほうが、むしろおどろきなのです。

　ぼくらを月に連れていってくれた巨大な蛾ジャマロ・バンブルリリーがいてくれたら、月での冒険を書き記すのにどんなに助けとなったことでしょう。でも、この本を書くとき、ジャマロはそばにいませんでしたので、ジップやガブガブやおかあさんや、そのほかだれかの希望は考えずに、ぼくなりのやりかたで物語を書き記すことにしました。当然ながら、物語というものは、どう語っても語りつくせないものです。とにかく、おぼえているかぎり、少しずつ語っていくしかありません。ですから、まず、あの巨大な蛾が空を飛んで、光りかがやく月面へと近づいていくところから、話しはじめることにしましょう。ぼくらは高鳴る胸をその蛾の広い背中にぎゅっと押しつけながら、しがみついていたのです。

　蛾は、これから到着しようとしている月をすみずみまで知りつくしているようでした。丘にかこまれた小さな谷へむかって大きな羽をひろげ、どんなふうにおりようか考えながら、旋回したり急降下したりして、じわりじわりと近づいていきました。近づくにつれて、谷の底は平らで、かわいた砂地になっていることがわかってきました。すぐに、まわりの丘がへんだなと思いました。実のところ、あたりの山全体が奇妙だったのです。（手前の低い丘のむこう側に、高い山々が、緑がかったうす明かりのなかにそびえ立っていました。）どれも山頂が、コップの底のように切り落とされた形をしています。あとで先生が、あれは死火山だと教えてくれました。その山頂から、かつて火や溶岩がふき出していたのが、今は冷たく動かなくなっているのです。なかには風雨によってえぐれていて、時がたつうちに変形したものもあれば、風に運ばれてきた砂にうもれかかっているものもありました。ぼくは、クモザル島で見た「ささやきの岩」を思い出しました。いろいろちがう点は多いのですが、火山を見たことがある人なら、これが火山だとすぐわかったことでしょう。

ぼくらがめざしている、その小さな細長い谷には、植物であれ動物であれ、生物がいる気配がありませんでした。でも、そんなことは気になりません。少なくとも先生は気にしていませんでした。先生は木を発見なさっていたので、そのうちきっと、水や植物や動物が見つかるはずだと安心なさっていたのです。

とうとう、蛾は、地面から六メートルほどのところまでおりてくると、羽をひろげて、まるでたこあげの大きなたこのようにじっとしながら、そっと砂にふれ、最初はトントンと地面をとびはねるようにして、それから少し走ってから、足をふんばって、止まりました。

ぼくらは月に着陸したのです！

このころには、新しい空気にも少しなじんでいました。でも、先生は、すぐおりずに、この新しい環境や条件に慣れるまで、勇ましい蛾にもうしばらくじっとしているようにたのんだほうがよかろうと考えました。

蛾はよろこんで、言うとおりにしてくれました。実際のところ、蛾だって少し休めてうれしかったことでしょう。ドリトル先生は、荷物のどこかから、しまっておいた非常食のチョコレートを取り出しました。ぼくら四人は、おなかがぺこぺこでしたし、新しい状況にすっかりおじけづいていたので、ひとことも言わずに、だまったまま、もぐもぐとチョコを食べました。

ひっきりなしに光が変わっていました。まるで北方のオーロラのようです。上のほうの山を見つめて、少しよそ見して、またもとの山を見ると、さっきまで一面にピンク色だったのが今度は緑色になっていたり、スミレ色だった影がバラ色になっていたりします。

まだ息がしにくく感じられたので、しばらくはムーン・ベルが手もとに必要でした。ムーン・ベルとは、蛾が持ってきてくれた大きなオレンジ色の花のことです。ぼくらはその花の香り（ガス）を吸うことで、月と地球のあいだの真空地帯——死の空間——を通過できたのでした。香りをかいでいないと、咳《せ》きこんでしまいます。でも、だんだん月の新しい空気に慣れていったので、そのうちに花なしでも、だいじょうぶになりました。

　重力も、ずいぶん勝手がちがいました。すわっている姿勢からなんの努力もなしに立ちあがれるのです。歩くのも、筋肉をほとんど使わずに楽にできましたが、呼吸はつらかったです。最もおどろくべき感覚は、ジャンプでした。かかとのばねをほんの少し使うだけで、ピョーンと、おもしろいように空中にとびあがれるのです。呼吸が苦しくさえなければ（先生は、呼吸は心臓に影響を与えるかもしれないので、よくよく注意してかからなければならないとお考えのようでした）、ぼくらは夢中になって陽気に飛びまわっていたことでしょう。ぼくなんか歌を歌いだしたことをおぼえています——口いっぱいにチョコレートをほおばっていたので、ふがふがしていましたが——早く蛾の背中から下りて、山や谷を飛びはねて新世界を探検してみたくてたまりませんでした。

　しかし、ドリトル先生がぼくらに待つように言ったのは賢明だったと、今にしてみればわかります。先生はぼくら全員に、しばらくのあいだ片時も花をはなしてはならないと小声で言いました。音がよく通る空気のなかでは、小声で話さなければなりませんでした。

花は大きくて持ち運びにくかったけれど、ぼくらは言われたとおりにしました。蛾の背中から下りるのに、はしごなど要りませんでした。軽くジャンプすれば、約八メートル下の大地にふわりと着地できたのです。ピョーン！　ぼくらは、ジャンプしました。そうして、新世界の砂の上を歩きはじめたのです。

第二章　色とにおいの国

考えてみれば、新世界に初めて着陸したぼくらは、とても奇妙な一行でした。でも、いろいろな点で、すごくいい組みあわせだったのです。まず、ポリネシアですが、ポリネシアは、日照りであれ、洪水であれ、火事であれ、いてつくような寒さであれ、どんな状況でも生きていけるはずの鳥でした。当時のぼくは小さかったので、ポリネシアがどんなところでもだいじょうぶだと思いこみがちだったとは思いますが、今になってみても、あのすばらしいオウムはどんなところでも生きていくように思います。一週間に二、三度、エサの種（どんな種でもいいのです）がほんのひとつかみあって、水をすすることができたら、まったくごきげんで暮らしていき、食べ物がまずいとか、少なすぎるとか文句を言うことすらしないでしょう。それから、サルのチーチーですが、チーチーは食べ物のこととなるとうるさいのですが、足りないものはなんでも自分で見つけてこられるようなのです。チーチーほど、エサを見つけてくるのがうまい動物を知りません。みんながおなかをすかせていると、チーチーはまったく新しい森のなかへ入りこんで、くんくんとかぐだけで、食べられる野生のくだものや木の実を見つけてきたのです。どうしてそんなことができるのか、ドリトル先生でさえわかりませんでした。ほんとのところ、チーチー自身にもわからなかったのです。

それから、ぼくですが、ぼくは、正式に科学の研究をしたわけではありませんが、博物学の調査隊の有能な助手としてお役に立てるようになっていましたし、先生のやりかたをすっかり心得ていました。

最後にドリトル先生ですが、先生のような態度で、新世界の秘密をさぐろうと調査に出かける博物学者はいません。ドリトル先生は、どんな問題でも、このはずだと決めてかかったりはせず、子どものようなすなおな心で新しい問題に立ちむかうので、新事実もすらすらと学びとって、ほかの者に教えてやることもできるのです。そう、ぼくらは、ほんとに奇妙な一行でした。科学者なら、ぼくらのことをきっと笑ったでしょう。でも、ぼくらには、これまでのどんな調査隊にもない美点がたくさんありました。

いつものように先生は、よけいなことに時間をむだにしたりしませんでした。ほかの探検家だったら、まず旗を立てたり、国歌を歌ったりしたかもしれませんが、ドリトル先生はそんなことはしません。準備がととのったとたんに、前へ進めと号令をかけたのです。そして、チーチーとぼくは（ポリネシアは、ぼくの肩にとまっていました）、ひとことも言わずに、先生のあとについて行進をはじめました。

月ですごした最初の数時間ほど、夢を見ている気がしてならなかったことはありません。今まで人間が訪れたことがない新世界に足をふみいれているのだと思うと、重力が弱くて空中を歩いているようにふわふわした感じになっているせいもあり、ちゃんと目がさめているのであって、夢を見ているのではないのだと、だれかにたえず教えてほしい気持ちになりました。そこでぼくは、特になにも言うことがなくても、ひっきりなしに先生や、チーチーや、ポリネシアに話しかけていました。でも、口をあけてほんのかすかな声で話すたびに、声がボワーンとふしぎにひびくので、ますます夢のような感じが強まるのでした。

それでも少しずつ、そんな感じにも慣れていきました。見たこともない光景や感心するようなものがひっきりなしに出てくるので、それに心をうばわれて、へんな感じなど気にしていられないのです。一番まごついたのは、あたりの風景の色あいが変わっていくふしぎなようすでした。自分がどこをむいているのかわからなくなり、方向感覚がなくなっていきます。先生は、ポケットに入る小さな方位磁針をお持ちでしたが、それを見ると、いっそうわけがわからなくなりました。針がくるったようにぐるぐるまわり、どんなに止めようとしても、じっとしてくれないのです。

方位磁針をあきらめた先生は、持ってきた月面マップとあたりのでこぼこを見くらべながら、ご自分の目で場所を割り出そうとなさいました。先生は、最初に見つけたあの木のあるところへ行こうとなさっているのでした。木が生えていたのは、どこかの山のふもとでした。ただ、このあたりの山はどれもとても似かよっていましたから、地図はあまり役に立ちません。うしろには、地図にあるのと同じような頂《いただき》が見えましたが、前のほうには、地図に合うものはひとつもありません。それで、ぼくらは、地球から見ることのできなかった月の裏側へと進んでいるとわかったのです。

「おそらく、スタビンズ君、」と、先生は、ふつうならとても歩きにくいはずのさらさらの砂の上を軽々と歩きながら言いました。「水があるのは、月の裏側だけなんだ。だから、天文学者たちは、月に水がないと信じたのだろうね。」

ぼくは、あたりの風景にすっかり気をとられていたために、先生が「気温がとてもおだやかで、すごしやすいね」とおっしゃるまで、まったくそのことに気がつきませんでした。たえがたいほど暑かったり、北極より寒かったりするのではないかと、先生はおそれていらしたのですが、空気の性質がひどく変わっていて呼吸がしにくいことをのぞけば、人間にとってこんなによい気候は望めないほどでした。おだやかなそよ風が吹いていて、気温はほとんどいつも一定にたもたれているようでした。

月にどんな動物がいるか見当もつかないまま、動物が通ったあとはないかと、あたりをさがしまわりました。さらさらの砂からは、なにもわかりませんでした。どんなめずらしい動物のあとだって見のがさない経験豊富なチーチーにさえ、わかりませんでした。

においや香りは、いろいろしていました。たいていは、前方にある山岳地帯のむこう側から風に乗ってただよってくる、とてもかぐわしい花の香りでした。ときどき、快いにおいにまじって、ひどくいやなにおいもしました。でも、蛾がぼくらといっしょに運んでくれたムーン・ベルの香り以外は、なんの香りか見当もつきませんでした。

ぼくらは、どんどんと何キロも歩いていきました。次々に山をこえていきましたが、先生がごらんになった例の木は見つかりませんでした。もちろん、山ごえなんて、地球での山ごえとちがって、ちっともたいへんではありませんでした。ピョーンととびあがるのも、とびおりるのも、とてもかんたんだったからです。とは言え、ぼくらには荷物が多かったし、かなり重たいものを背負っていたので、二時間半も旅をつづけると、少しくたびれてしまいました。やがてポリネシアが、前のほうへ飛んでいって偵察をしてきましょうと言いました。しかし、先生はこれをいやがりました。「今は、みんないっしょにいたほうがいい」と、おっしゃるのです。

けれども、もう半時間進むと、先生は、ポリネシアがまっすぐ飛んで見えるところにいてくれるなら、高いところから木の位置を偵察してきてもいいとお許しになりました。

第三章　渇き！

　こうして、ポリネシアが、コンドルのように、頭上をどんどん高くまいあがっているあいだ、ぼくらはしばらく荷物に腰かけて休んでいました。ポリネシアは三百メートルほどの高さまで来ると、そこで旋回をして、またゆっくりおりてきました。先生は、それを見つめながら、ポリネシアのスピードがおそすぎると、いらいらなさいました。ぼくは、どうして先生がそんなにポリネシアをそばにおいておきたいのか、わかりませんでしたが、だまっていました。

そう。たしかにポリネシアは木を見つけましたが、まだずっと遠くでした。おりてくるのに、どうしてあんなに時間がかかったのかを先生が知りたがると、ポリネシアは、道案内ができるように、方角をたしかめていたのだと答えました。鳥というものはたいてい方角がよくわかっているものですが、ポリネシアもその例にもれず、ぼくらが進むべき方角を見きわめてくれていたのです。こうして、ぼくらは、さっきよりも気が楽になって、自信に満ちて、ふたたび出発しました。

もちろんほんとうのところは、最初、空のはるか高いところから木を見つけたとき、実際よりもずっと近くにあるように見えていたのです。そのほか、ふたつのことで、ぼくらは見まちがえをしていました。まず、ようやくわかったことですが、月はぼんやりとやわらかな光に照らされているにもかかわらず、その空気のなかでは、物が実際よりも近くに見えるのです。もうひとつは、遠くに見えたその木を、ぼくらは地球にあるふつうの木の大きさだと思いこんで、なんとなくカシの木やニレの木ぐらいのつもりで、木までの距離を見積もっていたのでした。ところが、実際にその前に行ってみると、とほうもなく大きな木だとわかったのです。

あの木のことは決して忘れられません。それは、月世界における最初の生命体との出会いでした。ぼくらがついにその木にたどり着いたときには、暗闇がせまっていました――「暗闇」というのは、ふしぎなうす暗さのことを言うのですが、これが月での夜になるのでした。木の高さは、少なくとも九十メートルはありました。幹の直径はゆうに十二メートルから十五メートルぐらいありました。その外見たるや、ひどく不気味でした。木だということはすぐわかりましたが、今まで見たことのあるどんな木ともようすがちがっていたのです。それは、まるで――なんて言ったらいいでしょう――動物のように生きていたのです。かわいそうなチーチーは、その木にすっかりおびえてしまって、首のうなじの毛を逆立てるほどだったので、その枝の下にキャンプをする用意を手伝ってもらうのに、先生とぼくはかなり苦労しました。

実のところ、ぼくらは、月で最初の夜をすごそうという一行にしては、ずいぶんと暗い気分でした。なんでこんなに気がめいるのかわかりませんでしたが、だれもが、すごくいやな雰囲気をはっきりと感じていました。風は、まだ吹いています。月の風は、いつもそよそよと、とぎれることなく、吹きつづけるのでした。夜のあいだもうす明るくて、物の形は見分けられましたが、空に光っているはずの地球も見えなくなっていました。

ぼくらが荷ほどきをして、夕食代わりにチョコレートの残りをならべているとき、先生が、頭上のふしぎな木の枝を落ち着かずに見あげてばかりいらしたのをおぼえています。

むろん、枝は、風で動いているのです。それは、まちがいありません。でも、風は、いつも同じ一定の強さで吹きつづけているのに、枝の動きはまったく同じではないのです。そこが、気味の悪いところでした。まるで、地面に足をつながれた動物みたいに、木が勝手に動いているかのように見えるのです。それでも、風はずっと吹きつけているので、たしかなところはわかりませんでした。

しかも、木はうなり声をあげました。地球でだって、木は風に吹かれてうなることはありますが、これはそんなふうなうなり声ではないのです。ぼくらの顔にそよそよと規則正しく吹きつける風とぜんぜん合っていないのです。

世間ずれして、なんでもちゃっちゃっとこなすポリネシアでさえ、困惑して気が動転しているのがわかりました。ポリネシアの気が動転するなんて、よほどのことです。でも、木や風のことは、人間よりも鳥のほうがずっと敏感です。ポリネシアが枝にわけ入って、ようすを見てきてくれないだろうかと思ったのですが、そんなことはしてくれませんでした。生まれつきの森の住人であるチーチーにしても、まだわからないことだらけの月の植物のなぞを調べるためなのだからと説得しても、この木にのぼってはくれなかったでしょう。

夕食をさっさとすませてから、先生は数時間、ぼくにずっとメモをとらせました。この新世界に来た初日ですから、いろいろ記録しておくべきことがあったのです。気温のこと、風むきと強さ、わかる範囲内での推定到着時刻、気圧（先生が持ってきた器具類のなかに小さな気圧計もありました）、そのほかいろいろなことが記録されました。こうしたことは、ふつうの人にとってはどうでもよいことでも、科学者にとって、とても重要なのです。

どんな小さな、つまらないことでもすっかりおぼえていられるような記憶力があったらいいのに、と何度も思いました。たとえば、月で最初に目をさましたときのことを、はっきりとおぼえていたかったなあ、と思います。ぼくらはみんな興奮やら旅のつかれやらで、へとへとになって、横になったらぐっすり眠ってしまい、起きたときにおぼえていたことといったら、自分がどこにいるのか思い出すのに少なくとも十分かかったということだけなのです。しかも、先生がぼくより先に目をさまして、すでにあれこれの器具のまわりを歩きながら観測をしていると気がついたおかげで、月にいるとようやく思い出せたのであって、先生がいらっしゃらなかったら思い出せたかどうかあやしいものです。

まず、さしあたって、食べ物を手に入れなければなりませんでした。朝ごはんになるものは、はっきり言って、なにもありません。先生は、急いで蛾のもとを出発してしまったのを後悔しはじめていました。早く木を見つけて新世界のようすをさぐりたいあまり、あたふたと蛾のもとを立ちさってからずいぶんたった今となって、ようやく、動物の影ひとつ見あたらないことに気がついたのです。けれども、今さら引き返して蛾にたずねるにしては、かなり遠くまできていました。しかも、今も蛾がもとの場所にいるかどうか、わかりません。

そうは言っても、食べ物は必要でしたから、食べ物をさがしに出ることになりました。ゆうべキャンプのために荷ほどきをしたものを、急いでかき集めて荷づくりし直しました。でも、どちらへ行けばいいでしょう？　一本の木のところまで行きつくことさえできれば、きっとほかの木がどこにあるか見当がつくでしょう。そこには水があるはずだと先生は確信していらっしゃいました。しかし、どんなに目をこらして地平線のかなたをにらんでも、望遠鏡でどんなにながめても、木どころか、葉っぱ一枚見つけることはできませんでした。

今度は、先生に言いつけられるのを待つこともなく、ポリネシアが空高くまいあがって、偵察をしました。

帰ってきたポリネシアは言いました。「どこにも木なんか見えませんね。荒れはてた景色は、まるでサハラ砂漠みたいです。でも、あそこの高い山なみのむこう――ほら、中腹にへんてこな、帽子みたいな山なみがあるでしょ？」

「うむ」と、先生。「あるね。それで？」

「あの山なみのむこうに、ほかのところとはちがって、黒っぽい地平線が見えるんです。それが木々だと言いきることはできませんよ。でも、そこには、砂のほかになにかある気がします。さっそく出発しましょう。かなり歩くことになりますから。」

たしかに、かなり歩くことになりました。強行軍というやつです。飢え死にしたくなければ、歩かなければならないのです。出発したときは、こんなことになるなんて思ってもみませんでした。朝ごはんぬきで出発することぐらい、ぼくだって、先生だって、チーチーたちだって、やったことがあります。そんなことは、たいしたことではありませんでした。ところが、何時間たっても、あたりの風景は、見わたすかぎり、どこまでもうねる砂丘やら、ひからびた火山ばかりつづいて、まったく変わることがないので、ぼくらはどんどんしょげかえってしまったのでした。

ドリトル先生が先生らしさを最高に発揮してみせたのは、たしか、このときだったと思います。旅の最初から、先生がいろいろな心配事で頭をなやませていらっしゃることは、いちいち聞かなくてもわかっていました。あとになってから先生はそのことをぼくに話してくださいましたが、そのときはなにもおっしゃいませんでした。ただ、いよいよ進むのがつらくなって、おなかがぺこぺこになって、のどがひりひりにかわいて死にそうになって、力も入らなくなって、元気もなくなってきて、歩くことだけでも、ものすごくつらくなってくると、先生はますますほがらかになってくるのでした。かといって、みんなをいらいらさせるようなつまらないじょうだんを言うわけでもありません。それなのに、どういうわけか、みんなを元気にしてくれるのです。ゆかいな話をするときは、まさに絶好のタイミングでお話しになって、ぼくらはつらいことを笑い飛ばすことができました。あとで、このときのことを先生と話してわかったのですが、先生は若いころに、何度か探検隊にやとわれて、隊員たちを陽気にさせる仕事をしたことがあったそうなのです。そのころは、まだ科学分野で実績がなかったので、やとってもらうには、そんなことをするしかなかったわけです。

とにかく、気配りじょうずな先生がみんなを元気づけてくれることがなかったら、ぼくらがもちこたえられたかどうか、ほんとうにあやしいと思います。のどの渇きの苦しさは、ぼくにとって初めてのものでした。もう一歩でも歩いたら、ぼくは死ぬだろうと思いながら、歩いていました。

とうとう、二日めの終わりだったでしょうか、ポリネシアが「前方に森！」とかなんとか言ったのがぼんやり聞こえました。そのころにはもう、ぼくは頭が半分もうろうとしていて、ひたすらみんなのあとから、足をひきずるばかりでした。ぼくがたおれて、気が遠くなりかかると、チーチーがすばらしく冷たいものを、折った葉っぱで作ったコップで、ぼくのくちびるにぽたぽたとそそいでくれました。それでわかったのです、ぼくらは水のあるところに着いたのだ、と。

第四章　英雄チーチー

目がさめたときは、とても恥ずかしかったです。ぼくは、なんてなさけない探検家でしょう！　先生は、とっくにあたりを動きまわっていましたし、もちろん、チーチーとポリネシアもそうでした。先生は、ぼくが目をさましたと知ると、すぐにそばに来てくださいました。

先生はすぐに、ぼくの心を見すかしたかのように、気を失ったことを恥ずかしく思ってはいけないと、きびしい口調で言いました。「結局のところ、チーチーだってポリネシアだって、暑くて乾燥した気候で旅をするのに慣れているし、私だってそうなのだよ」と、おっしゃってくださいました。

「総じて見れば、スタビンズ君」と、先生。「君はとてもりっぱにやってのけたよ。一日じゅうずっと旅をつづけ、ついに水が見えたところまでやってきてから、力つきた。これ以上のことは期待できない。ベテランの探検家だって、そこまでできなかった人を、私は何人も知っているよ。つらい強行軍だった。おそろしくつらかったね。

君はたいしたものだよ。ちょっと体を起こして、朝食を食べたまえ。ありがたいことに、ついに食べ物にありつけたんだ！」

　ぼくは、ぐったりした上半身を起こしました。ぼくのまわりにたくさんならべられたものは、くだものだと、あとでわかりました。たよりになるチーチーが、動く木や、ささやく風におびえながらも、野生の食べ物をかぎつける、あのすばらしい特技を用いて、みんなのためにとってきてくれたのです。ふしぎな食べ物のどれひとつとして、先生やぼくが見たことがあるものはありませんでした。けれど、チーチーがだいじょうぶだと言うなら、心配することはありません。

　くだもののなかには、大きなトランクほど巨大なものもありましたし、クルミほど小さなものもありました。でも、ぼくらは、とにかく腹ぺこでしたから、がつがつと食べまくりました。水もありました。水は、大きな木の実のからや、ねじった葉っぱで作った奇妙な入れものに入っていました。そのとき食べた、名前も知らないくだもののほど、おいしい朝食を、ぼくは、いまだかつて食べたことがありませんでした。

　チーチー！　ぼくらが精も根もつきはてたときに、自分だってこわいのをがまんして、たったひとりでジャングルのなかに入って食べ物をさがしてきてくれた、かわいそうな、小さな、こわがりのチーチー！　世間の人にとっては、君はオルガンひきが飼っていたサルにすぎないかもしれないけれど、ぼくらにとって、君は恐怖をものともせずに、ぼくらを餓死から救ってくれた英雄だ。君は、あらゆる時代の偉大な英雄たちのなかでも、屈指の英雄として永遠にたたえられよう。君がいっしょにいてくれて、なんとありがたかったことか！　君がいつのまにか習得した科学の知識や、ジャングルで生きるすべ、そしてとりわけ、恐怖に打ち勝つ君の勇気がなかったら、ぼくらは今ごろ骨となって、月の砂にうもれて、朽ち果てていたことだろう！

さて、話をもどしましょう。ぼくが、こうしたふしぎなくだものを食べ、水をすすって、生き返った気持ちになって、ふと上を見ると、目の前に山の背のようなものがありました。平らになっている山の背は、植物がしげって、うっそうとした森になっていました。そして、そこから山すそへかけて、森の出店のような小さなしげみや木々が、あちらこちらへちらばっています。例の木が、どうして一本だけ、あんなにはなれたところで生きていたのか、ぼくらには満足のいく説明はできませんでした。ドリトル先生がなさった一番それらしい説明は、地下に泉でもあって、じゅうぶんな水分かしめり気があるから生きていけるのではないかというものでした。でも、あれほど巨大になるためには、何百年――ひょっとすると何千年――も、かかったにちがいありません。とにかく、あの木があそこにあってくれてよかったです。あの木があそこにあって、この月の、生物が住める場所を示していてくれなかったら、ぼくら探検隊は全滅していたことでしょう。

先生とぼくは、ふしぎな朝ごはんを終えると、今食べたものをとってきてくれた森について、チーチーに質問をしました。

「どうやったか、わかりません。」チーチーは答えました。「ぼく、こわくてたまらなかったから、たいてい目をつぶってたんです。木や、草や、つるや、根っこをこえて行きました。そして、においをかぎました。ほんと、ぼくだって、おなかぺこぺこでしたからね。一生懸命、においをかぎました。すると思ったとおり、食べ物が見つかったんです。くだものです。ぼくは木にのぼりました——たいていは目をつぶってましたけど。そこで、すごいものを見ました——うっひゃあ！　なんてジャングルだろう——こんなとこ、どんなサルも見たことないよ——もじゃもじゃしていて！　気持ち悪い！　でも、木の実はおいしそうなにおい。少しとろう。木の下のほうまでさがして。ちょっとまた走って。また、においをかいで。よし！——別の木にのぼってみよう。ちがったくだものがある。やっぱりおいしい。少しとろう。また、おりる。みんなのところへ走って帰る。とちゅうで、おいしそうな木の根っこがあったよ。ショウガみたい——ショウガよりおいしいけど。少しほってみる。目はとじたまま——おばけなんか見たくないもの。根っこをひとつつかんで。いちもくさんに、走って帰ってきて。はい、ただいま。おしまい！」

まあ、いとしいチーチーのお話は、チーチーなりのすばらしい冒険のようすをよく伝えていますが、ぼくらが知りたい月の森がどんなふうであるか、さっぱりわかりませんでした。そこで、休みをとって元気になったぼくらは、自分たちで探検してみることにしました。

ぼくらは、最初の到着地点から運んできた荷物をそこへ残して、六キロほど先の、がけのてっぺんにならんで生えている森をめざして進んで行きました。これまで二か所にキャンプしたわけですが、その二か所へなら、たいした苦労もなしにすぐにもどってこられる気がしていました。

山頂までは、これまでどおり、さらさらの砂をふんでいくのですが、がけに近づくにつれて、足もとの砂がかたくなっていくのがわかりました。

木が生えている山頂まであと一息というところまで来ると、頂上そのものが見えなくなりました。かなり急ながけをのぼるときもありました。そうしてのぼっているあいだじゅう、ぼくは、いよいよ、すごい大発見をする時がきたのだと思っていました。なぞに満ちた月のほんとうのすがたについて、なにか重要な事実が初めて明らかになろうとしているのです。

第五章　月の平原で

月の森が初めてそのすがたをあらわしたようすは、とても劇的でした。舞台で上演されても、こんなに効果満点にならないでしょう。ぼくらが頭をがけよりも高いところへ出したとたん、約一キロ半先に、ジャングルが壁のようにひろがっていました。それがどんな木だったか、くわしく説明したら、ひどく時間がかかるでしょう。たくさんの種類があったからではなく、どの木も、地球にある木とまるきりちがっていたからです。しかも、ふしぎなことに、木というよりは、今まで見たことのある草花を思い出させました。

たとえば、シダそっくりに見える一群の木が、何キロにもわたってひろがっています。あるいは、ある花を思わせるような木もありました。名前は思い出せませんが、一番上の平らな部分に無数の小さな花をぎっしりとつけ、くきがへんに白っぽい緑色をしている草花にそっくりな木です。ただ、一千倍も大きいのです。木の上にひろがる葉っぱは、ぎゅっとつまっていて、雨が降っても下まで届かないことが、あとでわかったくらいです。そこで、先生とぼくは、それを〝かさの木〟と名づけました。しかし、地球で見たことがある木と同じものは、一本もありませんでした。そして、さらに、もっともっとたくさんのふしぎな木があって、それを見るとなにかに似ていると思うのですが、なんだったかどうしても思い出せないのです。

　奇妙な音が聞こえていて、かなりとまどいました。たとえかすかな音であっても、月ではどんな物音もずっと遠くまで聞こえることは、すでにわかっていました。がけの上にひろがる平原にたどり着いてみると、どこからか、その奇妙な音が聞こえてきたのです。音楽のようでした。ひとつの楽器がかなでる音ではありません。まるでどこかに小さなオーケストラがいて、かすかな音で演奏しているかのようでした。このころまでには、ぼくらはふしぎなものに慣れっこになっていましたが、この遠くから聞こえてくるなぞの音楽には、たいそうびっくりしました。先生すら、おどろいていました。

　山頂で、ひと息ついて休んでから、いよいよジャングルまで最後の一キロ半を進むことになりました。月の世界が、場所によって、こんなにもちがったようすになっているのは、ふしぎでした。地球よりもずっと小さな月の世界では、地形もこぢんまりとしているせいでしょうか。目の前にはかたい砂でできた高原が湖のように平らにひろがっており、その奥にはジャングルがあり、ぼくらのうしろには、今のぼってきたばかりのがけがありました。ぼくは、むこうの森を見やりながら、「森のむこう側にはどんな景色があるのだろう。これまでみたいに、とつぜん景色が変わったりするのだろうか」と思いました。

まず水をしっかり手に入れておかなければならないので、チーチーに道案内をたのみました。チーチーは、先頭に立って、ゆうべ自分の進んだ道を通って行きました。ひらけた高原を進むのは、どうということはありませんでしたが、森のはしまで来ると、そこから先はたいへんでした。たいてい木々のあいだをぶらさがりながらぬけて行くことになったからです。チーチーは、においをたどって水のところへたどり着いたようすを説明しつつ、「ぶらさがりながら進むほうが安全なんです」と言いました。やっぱりチーチーがいっしょにいてくれて、ほんとによかったと思いました。あんなにうっそうとした暗い森のなかをぬけて、水のところまでたどり着くなんて、サルにしかできません。チーチーは、「ゆうべみたいに進んで行けるか見てきますから、森のはしで待っていてください」と言いました。ぼくらは腰をおろして待ちました。

「夜のあいだ、目がさめたかい、スタビンズ君？」先生が、しばらくしてたずねました。

「いいえ」と、ぼく。「つかれきっていましたから。どうしてですか？」

「君はどうかな、ポリネシア？」先生は、ぼくの質問に答えずにたずねました。

「ええ」と、ポリネシア。「何度か目がさめましたよ。」

「なにか、そのう、へんなものを見たり聞いたりしなかったかね？」

「ええ」と、ポリネシア。「はっきりとは言えませんが。でも、なにかがキャンプのまわりをうろついて、こっちを見張っているような気がしました。」

「ふむ！」先生はつぶやきました。「私もそうなのだ。」

それから、先生は、ふたたびだまりこんでしまいました。

もうひとつ、チーチーを待っているあいだ、あたりを見まわして気がついたへんなことは、地平線のようすでした。月は、地球よりもずっと小さいために、見晴らしのきく距離がずっと短いのです。丘や山があるとわかりにくいのですが、真っ平ら、あるいはほとんど平らなところでは、かなりはっきりとそのちがいがわかります。世界がまるいことが、地球よりもはっきりとわかるのです。たとえば、この高原では、十二、三キロほど見わたせますが、その先は、地面がまるくなっているために見えなくなります。同じ理由で、山もちがったふうに見えます。山と山のあいだから顔をのぞかせている山が、むこうに落ちこんで見えるので、実際よりも低く見えたりするのです。

やっとチーチーがもどってきて言いました。

「ゆうべ見つけた水のところまで道をたどることができたので、今からそこへ案内しましょう」

　なんとなくそわそわして、おびえたようなようすをしていたので、先生がわけをたずねましたが、チーチーにもなぜだかわからないようでした。

「だいじょうぶです、先生」と、チーチー。「少なくとも、だいじょうぶじゃないかなと思います。たぶん、きっと――えっと、わかんないや――月の連中は、なんだって先生をここに呼んだんでしょうねえ。ぼくらを月に連れてきてくれた蛾とわかれてから、動物は一匹も目にしてないけど、この森には、わんさかいるって感じるんです。やつらはすがたを見せたくないらしい。それで、わからなくなるんです。地球じゃ、動物は、先生に助けてもらいたいなら、さっさと顔を出しますからね。」

「そりゃ、そうさ！」ポリネシアが、うなりました。「先生の診察室へ、ギャアギャアつめかけてくるさわぎを見たことがあるやつなら、だれだってわかるさ。」

「ふむ！」先生はうなりました。「そのことは、私も気がついていた。私にも、さっぱり理解できない。どうやら、われわれの到着について、なにか気に入らないことでもあるように思えるが……まあ、とにもかくにも、月の生き物たちがわれわれに連絡をして、いったいどういうことか教えてくれるといいのだがね。この状態は――ひかえめに言っても――わけがわからん。」

第六章　月の湖

こうして、ぼくらは、チーチーを案内役にして水をさがしに行きました。森へ入っていくことは、たいへんな冒険でした。遠くから見ていたのと、まったくちがったのです。森の外も明るくありませんでしたが、森のなかは、いよいよ暗くなっていました。ぼくは、ジャングルには、クモザル島で一度入ったことがあるだけでしたが、ここは、それとはかなりちがったジャングルでした。

初めて見つけた例の木のところへ行ったとき、先生は、その外見や大きさから、これはとても古い木だろうと推定なさいました。ところが、この森へ来てみると、どの木も、やはりずいぶん古くからあるようなのです。巨大な幹をした大木は、まるで歴史がはじまったときからずっとそこに立ちならんでいたかのように見えました。しかも、おどろいたことに、どの木にも、おとろえたようすがほとんどありません。ほんのわずかな枝や葉っぱが落ちているだけなのです。地球にある自然のままの森では、木が枯れて地面にたおれていたり、ほかの木の幹のまたにひっかかって、ひからびていたりします。ここではそうではないのです。どの木も、何百年ものあいだ、おだやかにのびつづけてきたように見えました。

　森にはこれ以上こんもりしげることはできないほど下草がびっしりしげり、人間の太ももぐらい太いつる草がたれさがっていますので、なかなか前へ進めません。けれど、なんとかがんばって、空き地のようなところへ出ていくと、そこには静かな湖がひろがっていました。いっぽうに気持ちのよい滝があります。まわりの森は、特に変わっていました。巨大なアスパラガスのようだったのです。巨大な幹が何キロ四方にもわたってぎっしりと立ちならんでいて、どんなつる草も入りこむ余地はありません。ぎゅうぎゅうとひしめいて、足のふみ場もなく、地面からの栄養をぜんぶ吸いとっているのです。何十メートルも上にある、アスパラガスの先の細くなった部分は、食べられそうにも見えましたが、そこまでのぼっていったとしても、カシの木ほどかたいとわかるのがおちでしょう。

　先生は、湖のきれいな砂浜へおりていって、水を飲んでみました。チーチーとぼくも、試してみました。水はきれいにすんでいて、渇いたのどがうるおいました。まんなかあたりが、少なくとも八キロほどのはばがある大きな湖でした。

「ここをボートで探検してみたいな」と、先生は言いました。「チーチー、どこかでカヌーか、いかだを作る材料が見つからないだろうかね？」

「見つかると思います」と、チーチー。「そのへんを見てみますから、少々お待ちください。」

そこでぼくらは、チーチーを先頭にして、ボートの材料をさがしながら岸伝いに歩いていきました。とうに気づいていたように、枯れ木や、かわいた木がほとんどないわけですから、さがしてもむだなように最初は思えました。立っている木のほとんどは、かなり重たくて、樹液がたっぷりつまっていました。それに、ボートを作る道具としては、せいぜい先生がベルトからつるしている小型の斧《おの》ぐらいしかありませんでした。これは、湖の岸にそびえる大きな木々とくらべたら、悲しいほど小さな道具でした。

ところが、一キロ半ほど行ったところで、ぼくは、ずっと先を行くチーチーが立ちどまって、ジャングルのなかをじっと見つめているのに気がつきました。それから、チーチーは、ぼくらにむかって急ぐようにと手をふってから、森のなかへ消えてしまいました。そこまで行ってみると、チーチーは、岸から百メートルほどの、ちょうど森に入ったところに落ちていたあるものから、つる草や、こけを取り払っているところでした。

ぼくたちは、いったいなにが出てくるのかわからないまま、チーチーの手伝いにかかりました。まわりにこびりついたものをひきはがしても、ひきはがしても、きりがありません。それは、計り切れないほど長いものでした。ぼくには、枯れ木のように見えました。月世界で初めて見つけた、枯れた倒木のように見えたのです。

「なんだと思うね、チーチー？」先生が、たずねました。

「ボートです」と、チーチーは、あたりまえですといった調子できっぱりと言いました。「まちがいありません。なかをくりぬいたカヌーです。アフリカにも、こういったのがあります。」

「しかし、チーチー。」先生は、さけびました。「この長さを見てみたまえ！　巨大なアスパラガスの木みたいじゃないか。すでに三十メートルも、まわりをおおっていたものをはぎとってきたが、まだまだあるぞ。」

「それは、しかたありません」と、チーチー。「それでも、カヌーです。この下に、ぼくといっしょにもぐりこんでみてください、先生。道具のあとや、焼けたあとをごらんにいれましょう。これは裏がえしになってるんです。」

　チーチーに導かれて、先生はこの奇妙なものの下に、もがくようにして入りました。そこから出てきたとき、先生の顔には、キツネにつままれたような表情がありました。

「ふむ、あれは道具のあとかもしれんがね、チーチー」と、先生。「しかし、そうではないかもしれん。火のあとは、もっとはっきりしているが、あれはたまたま、ああなったということもありうる。木が焼けてたおれたとしたら、すぐに――」

「ぼくのふるさとのアフリカの原住民は」と、チーチーが、口をはさみました。「カヌーの中身をくりぬくときは、いつも火を使ってました。木の上に小さな火をならべていって、なかにすわれるように、幹の中身をからっぽにするんです。使う道具は、とてもかんたんで、石のヘラで、こげた木をかきだすだけです。これは、たしかにカヌーですよ、先生。ずいぶん使っていませんけどね。ほら、カヌーの先がとんがってるでしょ。」

「それはそうだが、」と、先生。「アスパラガスの木は、自然に先がとんがっているからね。」

「それに、チーチー。」ポリネシアが、わって入りました。「こんな舟をだれがあやつれるっていうんだい？　だって、ごらんよ、こいつは、戦艦ほど長いじゃないか！」

　それから三十分ほど議論になりました。ぼくらが見つけたのはカヌーなのかカヌーではないのかについて、先生とポリネシアがちがうと言い、チーチーがそうだと言って、ゆずりませんでした。ぼくには、よくわかりませんでした。ぼくが見たところでは、これはとほうもなく長い丸太で、片側が少しくりぬかれていましたが、たまたまそうなっているのか、わざとなのか、判断がつかなかったのです。

　いずれにせよ、それはあまりにも重すぎて、運ぶこともできませんでしたから、使いものになりませんでした。そこで、ぼくは、議論に口をはさんで、いかだやボートの材料として持ち運びができそうなものを見つけに先へ進みませんかと言いました。

先生は、これで意味のない議論を終わらせられるとよろこび、ぼくらは湖の探検に乗り出すための材料をさがしに、先へ進みました。岸伝いにさらに一キロ半ほど進むと、あまり重そうでない木々が生えていたのです。巨大なアスパラガスの森ではなく、もっと細い木々が生えていたのです。ぼくらは、先生の斧をふるって、やがて、いかだを作るのにじゅうぶんな量の丸太を切り出しました。それらを木の皮で作ったなわでしっかりしばりつけ、水に浮かべてみると、ちゃんと浮きました。少しの荷物といっしょに乗ってもだいじょうぶでした。浅瀬では、長いさおで水底を押して進みました。深いところを行くときは、斧でざっくりけずって作ったオールを使いました。

水の上へこぎ出したとたん、先生は、ぼくにいそがしくメモをとらせました。持ってきた道具のなかに、目の細かなたも〔釣った魚をすくいあげる小さな網〕がありました。先生は、それを水につけて、月の湖に生物がいないか、岸辺に沿ってさがしました。月で初めての魚に出会おうというのです。

「ここにどんな魚がいるかということは、とても重要なのだよ、スタビンズ君」と、先生。「進化において、魚はとても大切な生物なんだ。」

「進化ってなんですか？」と、チーチーがたずねました。

ぼくはチーチーに説明をはじめましたが、やがて先生にもっとメモをとってくれと呼ばれました。説明が長くなって、なかなかたいへんなことになってきたので、助かったと思いました。ポリネシアが、ぼくがやめたところからつづけて、短くまとめてくれました。

「進化ってのはね、チーチー」と、ポリネシア。「あんたについてるしっぽが、トミーには、なくなっちまったって話さ。人間には、しっぽは要らなかったからね――そして、あんたらサルにしっぽがついているのは、サルにはしっぽが必要だったからさ……進化だって！　ふん！　学者先生の言うことさ。かんたんなことをむずかしく言っているだけさ。」

湖の探検は、あまりわくわくするものでもなければ、実りのあるものでもありませんでした。いろんな種類の水辺を飛ぶ虫や、ものすごい大きさの幼虫がたくさんとれましたが、魚は見つかりませんでした。植物――水生植物――は、いっぱい生えていました。

さおで水底を押しながら数時間ぐるぐると湖をまわったあとで、先生は言いました。

「ここでは動物界よりも植物界のほうがずっと重要であるようだ。動物といっても、ほとんどは虫のようだ。しかし、この気持ちのよい湖の岸でキャンプをすれば、いずれもっとわかるかもしれない。」

こうして、ぼくらは、いかだを最初にこぎ出した場所につないで、きれいな黄色の

砂浜にキャンプの用意をしました。

その夜のことは、決して忘れられません。不気味だったのです。だれひとり、ぐっすり眠れませんでした。一晩じゅう、ぼくらのまわりで、なにかがうろつくような物音がしていました。ものすごく大きなもののようです。でも、すがたは見えませんし、なんだかわかりません。それでも、ぼくら四人は、夜通しずっと見張られていたのはまちがいないと思いました。ポリネシアでさえ、落ち着きを失っていました。月に、たくさん動物がいることはうたがいないのですが、動物たちは、ぼくらの前にすがたを見せようとはしないのです。見慣れない世界へやってきたというだけで不安になっているのに、月の連中はどういうわけか、ぼくらを信用してくれないのだと思うと、どうにも居心地が悪いのでした。

第七章　巨人の足あと

　その夜とても眠れなかったのには、もうひとつ理由があります。ふしぎな音楽がずっと聞こえていたのです。ただ、奇怪なことが次々起こってわけがわからなくなるし、なんだか不安な気持ちがかきたてられていたために、いろいろごっちゃになって、とてもひとつひとつなにがあったのか思い出すことはできません。

　あくる朝は、くだものの残りで朝ごはんをすませたあと、荷物をたたんで、さらなる探検へ出発することにしました。最後の荷物をかたづけているとき、チーチーとポリネシアが、ようすをさぐりに先へ行きました。こういったとき、ふたりはすばらしいチームとなります。ポリネシアが森の上を飛んで、空中から前方のようすを遠くまで見晴らし、そのいっぽうでチーチーが木にのぼったり地面を進んだりして、もっと低いところをたしかめるのです。

　先生とぼくが、たがいに手を貸しあって荷物を背負っていると、チーチーがあわてふためいて、かけもどってきました。歯をガチガチ鳴らしていて、ほとんどなにも言えません。

「たいへんです、先生！」チーチーは、ことばにつまりながら言いました。「むこうに足あとがあります。人間の足あとです！　でも、すごく大きいんです。信じられませんよ。すぐ来てください。案内します。」

先生は、おびえて興奮しているチーチーをきっと見あげて、なにか質問しようとするかのように一瞬止まりました。それから、気が変わったらしく、もう一度、荷物を背負うことにしました。ぼくらは、それぞれ荷物を背負うと、忘れものはないかと、キャンプのまわりを最後にちらりと見まわしました。

ぼくらの進路は湖のむこう岸へわたろうとするものではなく、湖を右手に見ながら、しばらく湖に沿って行くことになりました。これからどんなことになるのだろうと思いながら、ぼくらはチーチーのあとについて、だまって出発しました。

三十分ほど進むと、湖の上手へ流れこんでいる川の口に着きました。その川伝いに、チーチーのあとについて、さらに一キロ半ぐらい歩いたでしょうか。やがて川のはばがひろがって、両側の森が川岸から遠ざかりました。地面はやはり、きれいなかたい砂地です。まもなく、ぼくらを待っているポリネシアの小さなすがたが見えました。

近づいていくと、ポリネシアのそばには、巨大な足あとがありました。それが人間の足あとであることは、まちがいありません。どこもくっきりとしていました。長さはゆうに三メートル半はあろうかという、はだしの足あとでした。こんな大きなものは、見たこともありません。しかも、ひとつだけではありませんでした。岸に沿って、足あとはどこまでも点々とつづいています。足あとと足あとのあいだがどれほどはなれているかを見れば、この巨人の歩はばがわかりました。

緊張した面持ちで、チーチーとポリネシアは、問いかけるようにして、だまって先生を見つめて、説明を待ちました。

「ふむ！」先生は、しばらくしてから、つぶやきました。「では、人間も月にいるというわけだ。なんてこった。なんていう怪物だ！　足あとを追ってみることにしよう。」

チーチーは、まちがいなく、そんなことをするのをこわがっていました。チーチーにしてもポリネシアにしても、こんな足あとをつけるような巨人からは、できるだけはなれていたほうが安全だと考えていたのでした。ふたりの目には、おそれやおびえの色が浮かんでいました。しかし、ふたりとも反対しませんでした。ぼくらはだまったまま、おとぎ話から出てきたのではないかと思えるような、このふしぎな人間の歩いたあとを追って、とぼとぼと歩みを重ねたのでした。

でも、ざんねん！　一キロ半も進まないうちに、足あとは森のなかへ入ってしまいました。そこでは木々の下にこけや葉があるために、足あとが残りません。それから、ぼくらはむきを変えて、巨人がまた砂地へもどってきていないか調べるため、かなりな距離を川に沿って進んでみました。しかし、手がかりはありません。チーチーは、先生のたのみに応じて、巨人が残したかもしれないなんらかのしるし――折れた枝とか、地面についたあととか――をさがして、ずいぶん時間をかけましたが、なにひとつ見つかりませんでした。巨人は水を飲みに川にやってきただけなのだろうと考えたぼくらは、追跡をあきらめて、最初に進んでいた方角へむかいました。やっぱり、みんながいっしょで、ほんとによかったです。それはほんとに、とてもふしぎで、ものすごい経験だったのです。だれひとり、ほとんど口をききませんでしたが、だれかがなにかを言うと、どうやらみな同じことを考えていたらしいとわかりました。

ぼくらが月の裏側、つまり、人間が見たことのないほうへ進めば進むほど、どんどんなぞめいてきて、森は生き物のようになってきました。あの奇妙な音楽がだんだん大きくなってきたかと思えば、木々の枝もますますさかんにうごめいていました。腕のように見える大枝や、手のような小枝が実に不気味にゆれたり、空中をひっかいたりしているのです。そして、あのそよ風が、いつも一定のゆったりとした調子で吹きつづけていました。

ただし、森じゅうが陰気だったわけではありません。たいていは信じられないほど美しいのです。何千平方メートルにもわたって、さまざまな色あいの花であふれかえる広大な海のようでした。まるで夢からぬけでてきたかのような、言いあらわしようのない色です。それでいて、はっきりと見おぼえのある、くっきりとした色でもあるのです。

　みんなで先へ進んでいくとき、先生は、おしだまっていました。なにかお話しになるときは、いつも同じことをおっしゃいました。「くちはてたものがない」と、おっしゃるのです。

「まったくわけがわからんね、スタビンズ君」と、先生は、ときどきそうなさるように、ぼくらが休みをとっているとき、一気に話しはじめました。「なにしろ、腐葉土がないんだ！」

「それがないと、どういうことになるんですか、先生？」ぼくは、たずねました。

「うむ、地球では、それを栄養にして木々は生きている」と、先生。「腐葉土というのは、死んだ木々やくさりかけた葉でできた土のことだが、それが栄養分となって若木が育ち、ついには新しい木に生長する。だが、ここはどうだ！　もちろん、土はいくらかあるし、少しは葉も落ちている。しかし、この森のなかへ入ってから、枯れ木を見たことがない。なにかの、その、バランスでも働いているのか、なんらかの取り決めがあるとか、そのう、まあ、よく説明できないが……まったく、めんくらってしまうよ。」

ぼくは、そのとき、先生のおっしゃる意味がよくわかっていませんでした。それでも、たしかに、まわりに生えている巨大植物のどれもが、くさったり、枯れたり、病気にかかったりせずに、おだやかに生長しているように見えました。

ふいに、ぼくらは、森のはしまで来ていることに気づきました。ふたたび丘や山が前方にひろがっています。しかし、最初に見た丘や山とはちがって、こちらには、植物が生えていました。ヒースのような低木が、ゆったりとした山岳地帯全体にぎっしりと生えていて、通りぬけるのもむずかしいほどでした。

それでも、「くちはてたもの」は、ありませんでした。腐葉土がないのです。先生は、ひょっとすると月には冬とか夏といった季節がないのかもしれず、それが――季節がないことが――生物がいつまでも生きつづけている理由なのかもしれない、とお考えになりました。地球と同様に月にも生存競争があるとしたら、古いものが死に、新しいものが芽生える季節がないというのは、まったく思いもよらないことでした。

第八章　歌う木

　ぼくらは、このヒースの丘を何キロも旅しました。すると、ずいぶんおもしろいところへ着きました。円丘というか小山でかこまれた、くぼ地のようなところです。奇妙なことに、ここには下のほうで見たような巨人の足あとがたくさんついているだけでなく、まちがいなく火を燃やしたあとがありました。ものすごく大きなくぼみのなかに、砂にまじって灰があったのです。先生は、この灰にとても興味を持ちました。灰を少しお取りになって、薬品をくわえて、いろんな実験をなさいましたが、そのあげく、「なんの灰なのかさっぱりわからん」とおっしゃいました。しかし先生は、ぼくらがたどり着いたこの場所こそ、パドルビーから見えた合図のけむりをあげたところにほかならないと確信を持っていらっしゃいました。フクロウのトートーが、月のいっぽうからけむりがふき出しているのが見えたと言ったあのときのことが、奇妙にもずいぶんむかしに思えました。あれは、巨大な蛾がぼくらのお庭にやってきて動けなくなったときのことです。いったいどれくらい前のことだったでしょう？　なんと、わずか数日前なのです！

「ここからだよ、スタビンズ君」と、先生は言いました。「地球から見えた合図があがったのは。まちがいない。この穴は、直径が何キロもある。わが家から見えたほどの大爆発を起こすために、いったいなにが用いられたのか、見当もつかんがね。」

「でも、見えたのはけむりであって、光は、なかったのではないですか。」

「まさにそこだよ」と、先生。「われわれの知らないふしぎな物質が燃やされたにちがいないのだ。灰を調べれば、それがなにかわかるかと思ったのだが、わからなかった。しかし、そのうちに、わかるかもしれん。」

ふたつの理由で、先生は、さしあたってこの森の一帯から遠くへ行かないほうがいいとお考えでした。（ぼくらが通ってきたこの森のほかにも森があるということを、そのときはわかっていなかったのです。）ひとつの理由は、ジャングルにはくだものや野菜といった食べ物があるのだから、ここからはなれないほうがいいということでした。もうひとつの理由は、先生が月の植物界の研究にすっかり夢中になってしまったことです。月の植物を研究したら、びっくりするようなことがたくさんあるにちがいないとお考えでした。

しばらくすると、最初はすごくいやな感じがしていた、あの奇妙な不気味さにも慣れてきました。こんなにこわいと思うのは、この木々や草花が地球のものとあまりにもちがうせいでしょう。ぼくらは、見張られていることをのぞけば、この森によそよそしいところはないのだと、自分たちに言い聞かせることにしました。見張られていることは、まちがいありません。そして、そのことにもだんだんと慣れてきました。

森のはずれに新しい基地を作ろうと先生がお決めになったので、ぼくらはキャンプをすることにしました。そして、用意ができるやいなや、ぼくらは、あちこちのジャングルへ探検に出かけました。それからというもの、ぼくは、またもや先生の実験や研究についてメモをとるのに大わらわになりました。

月の植物界の研究をして最初に発見したことは、植物界と動物界のあいだにまったく戦争がないということでした。ぼくらがあとにしてきた地球では、馬や牛が草をむしゃむしゃ食べたりして、動物と植物のあいだには、しょっちゅうもめごとがあったものですが、ここでは、動物（といっても、正確に言えば虫ばかりで、それ以外の動物がいるようすはありません）と植物は、争ったり食べたりしないで、たがいに助けあっているようなのです。実のところ、月の生態系は、かなりおだやかなものでした。このことについては、またあとで話すことにします。

ぼくらは三日かけて、あのふしぎな音楽の調査をしました。読者のみなさんは、ドリトル先生がフルートを吹くのがじょうずで、生まれつき音楽好きだということをおぼえておいででしょう。ですから、ぼくらが耳にしたこの奇妙な音楽に、先生はとても興味をおぼえました。何度か探検に出かけたあと、ぼくらは、ジャングルのなかで、木の音楽が一番いい調子で演奏されているところにでくわしました。

やっぱり思ったとおりでした。音楽をかなでているのは木々であって、それも意図的にやっているのです。ちょうど風で音を出すハープを正しい角度で風に当てたときみたいに、木々は、望みどおりの音が出るように、枝を動かして風に当てていました。先生が〝歌う木〟と名づけたこの木を発見した夜、先生はぼくに、この日のことを探検日誌に記念日として書きとめておくようにと言いました。この木を見つけたときのことを、ぼくは決して忘れません。ぼくらは何時間もかけて、音がどこから聞こえてくるのだろうとさがしまわり、先生は手にした音叉《おんさ》をときどき鳴らしながら、聞こえてきた音をたしかめていました。ふいに、小さな空き地に出ました。まわりは巨大な森がぐるりとかこんでいます。まるでオーケストラのようでした。一定の調子で吹きつづける風にむかって、一本の木が、次にほかの木が、順々に枝を動かしていくと、すんだ美しい音が夜のしじまにひびきわたるのです。ぼくらは、魔法にかかったみたいに立ちつくして、見あげていました。やがて、空き地のまわりの三、四本の木が腕のような枝をいっせいに大きく動かすと、和音ができて、ジャングルじゅうにひびきわたりました。幻想的でふしぎな音でしたが、だれでも目の前の木々が実際に音をたてているのを見聞きすれば、木々が風の助けを借りて、思いのままに音楽をかなでているのだと、納得したでしょう。

もちろん、先生がおっしゃったように、風がいつも同じ調子で吹いていなければ、こんなことはできません。ドリトル先生自身、木がどんな音階を使っているのか、知りたがっていましたが、ぼくには、ただぼんやりと気持ちのよい音楽にしか聞こえませんでした。リズムはたしかにありました。それは、ぼくにもわかりました。また、ときどき――ごくたまに――フレーズ〔ちょっとした短いメロディー〕がくり返されることもありました。たいていは、はげしく、悲しく、聞いたこともないようなメロディーでした。でも、音楽についてはしろうとのぼくのような者が聞いても、これはオーケストラのような演奏をしているのだと、はっきりわかりました。ソプラノふうの高い声や、バスの低い声がうまい具合にまざりあっていて、全体的にとても心地よい音楽となっていたのです。

ぼく自身も興奮していましたが、先生は、これまでにないほど夢中になっていました。

「いやはや、スタビンズ君」と、先生。「これがどういうことかわかるかね？　すばらしいことだ。この木たちが歌うことができて、たがいに理解しあっている合唱隊なのだとしたら、ことばを持っているはずだ。話せるんだよ！　植物界に、ことばがあるんだ！　こいつは調べてみなければならん。ひょっとしたら、私自身もそいつを話せるようになれるかもしれん。スタビンズ君、こりゃ、すごいぞ！」

そして、こんな場合はたいていそうですが、先生は夢中になるあまり、寝食を忘れました。何日ものあいだ、ときにはごはんを食べずに、ときには眠ることもせずに、この新しい研究をおつづけになりました。ぼくは、いつもノートを用意しながら、先生のうしろからついてまわりましたが、先生は、ぼくよりもずっとたくさんの仕事をなさっていました。なにしろ、キャンプに帰ってからも、何時間もメモの山と格闘したり、木のことばがおぼえられるようになる新しい装置を作ったりしていらしたからです。

地球を発《た》つ前でさえ、ドリトル先生が、ムーン・ベルにはたがいに意思疎通をするなんらかの方法があるかもしれないとおっしゃっていたのを、みなさんはおぼえているでしょうか。ムーン・ベルが動けるということは――ごろごろ転がるだけですが――はっきりたしかめられたことです。そのことにぼくらはあまりに慣れっこになってしまったために、もうなんとも思わなくなっていました。先生は、月の植物たちがひょっとすると動くことを――手旗信号のように、枝や葉を動かすことを――会話の手段としているのではないかと考えました。そして、そうやって会話をしていることをたしかめるために、かなり長いあいだ木々をながめてすわっていらしたのです。

第九章　植物のことばの研究

　このころ、先生とぼくとがなにかにつけて思い出し、今ここにいてくれたらいいのになあと思う、ひとりの人物がいました。それは、ぼくらがクモザル島で会った、アメリカ原住民の博物学者ロング・アローです。ロング・アローは、「自分は植物と話ができる」と先生に告げたわけではありませんが、実にふしぎな植物学の知識をもっているので、もしここにいてくれたら、どんなにか、たのもしいだろうと思ったのです。ゴールデン・アローの息子ロング・アローは、生まれてこのかた観察記録をつけたことなどありません。文字も書けないというのに、どうして記録なんかつけられるでしょう？　それでも、アローは、ある色のハチがある色の花にやってくるわけを知っているのです。なぜ、あの蛾が、あのしげみに卵を産みつけたのか、なぜこの地虫はこの水草の根っこをかじってしまうのかが、アローにはわかるのです。

　ときどき、先生とぼくは晩のひととき、アローは今ごろどこでなにをしているだろうと、うわさをしたものです。ぼくらがクモザル島をあとにしたときに、アローは島に残りました。しかし、だからといって、アローがそのままそこにとどまったとはかぎりません。あらしになろうと、どんな自然の状況であろうと、自由気ままに生きる、生まれついての風来坊なのです。南北アメリカ大陸のどこに行ったやら、わかるものではありません。

それと、先生がよく話に出したのは、ぼくの両親のことです。ぼくがこっそり蛾に乗りこんで月までやってきたのは先生のせいではないのに、先生は、ぼくの両親にとてもすまないことをしたと思っていました。もちろん、先生は、数え切れないほどたくさんのことを気にかけていなければなりませんでしたが、研究の流れにほんの少しでもゆるみや切れめができると、この話題にもどってくるのでした。

「スタビンズ君」と、先生は言いました。「君は来てはいけなかったんだよ……。そう、そう、わかっている。君は、私のために来てくれたんだ。だが、おとうさんのジェイコブも、おかあさんも、君がいなくなって心配のあまり病気になっているにちがいない。私のせいだ……まあ、今となってはどうすることもできない。仕事をつづけるとしよう。」

それから先生は、なにか新しい研究に没頭されて、このことを忘れるのですが、また思い出しては気になさるのです。

月の植物の調査をしているあいだじゅう、やはり動物たちが、どういうわけか、ぼくらをさけているという気がしてなりませんでした。夜寝ていると、巨大な蛾や、ちょうちょや、カブトムシのようなものが、ぼくらのそばを飛んだり、はいまわったりしている感じがするのです。

　ぼくは一、二度、眠っているところから飛び起きて、巨大な影が暗闇に消えていくのを見ましたから、まちがいありません。なんだろうと近づいてみたのですが、さっと消えてしまいました。だけど、それがなんであれ、とにかく、ぼくらを見張りにやってきたことは、たしかでした。みんな羽がある虫でした。先生の説では、月の重力が弱いために、羽の成長がうながされ、地球の虫よりもずっと大きな羽になったそうです。

　それからまた、あのふしぎな巨人の足あとがありました。足あとは、いつも、思いがけないところについていました。「ポリネシアとチーチーに足あとを追わせたら、巨人のいるところなど、すぐにつきとめられるのに」と、ぼくは思いました。けれども、先生は、みんながいっしょにいるようにとても気をつけていました。先生は、ふしぎによく当たる第六感でもって、なにかがぼくらをばらばらにしようとしていると、おそれていたようです。いずれにせよ、チーチーもポリネシアも、いざというときに当然いなくてはならない仲間でした。もちろん、どちらも重量級のボクシング選手のように強くはありませんでしたが、ようすをさぐったり、道案内をしたりと大いに役に立ってくれました。「こわい国に行くなら、ずらりとならんだ兵隊さんたちに護衛されるよりも、サルのチーチーとオウムのポリネシアといっしょのほうがいい」と、先生がおっしゃるのを何度も聞いたことがあります。

ぼくらは、実験道具を持ってヒースの荒野を遠くまで歩いていって、うねる丘に生いしげる、豪華な花をつけた木を調べたりもしました。また、小川を何キロも伝っていき、スゲの草のしげった土手に堂々たる花をゆらしている巨大なユリを調べたりもしました。

こうしているうちに、少しずつ、ぼくらの熱心な仕事ぶりは、むくわれたのです。ぼくは、先生がこの探検のためにたいへんゆきとどいた準備をなさっていたと気づいて、とてもびっくりしました。先生は、植物語の調査をはじめてまもなく、最初の到着地点においてきた荷物を取りに帰らなければならないとおっしゃいました。

そこで翌朝、明るくなるとすぐに、先生とチーチーとぼくは、来た道を引き返しました。ポリネシアはお留守番です。どうしてそういうふうにするのか、先生はわけをおっしゃいませんでしたが、あとになってみれば、いつものように、先生にはお考えがあってそうなさったのだとわかるのでした。

それは長く、つらい旅でした。もどるのに一日半かかり、荷物を持って帰ってくるのに二日かかりました。最初の到着地点にもどってみると、荷物をおいたまわりの砂の上に、例の巨人の足あとや、そのほか奇妙な痕跡《こんせき》がたくさんついていました。やっぱり、なにかが、ぼくらのことをこっそりと見張っているのです。

先生は、とりわけはっきりしている巨人の足あとをじっくり調べて、右足の歩はばのほうが、左足の歩はばよりもかなり長いことをつきとめました。なぞの月の巨人は、どうやら足が悪いようです。それにしても、これほどの歩はばで歩くのですから、ものすごいことに変わりはありません。

その場所に着いて、残しておいた包みや箱をあけはじめたとき、今言ったように、先生がどれほど周到に旅行の準備をなさっていたのかがよくわかりました。この旅に必要なものはほとんどすべて持ってきていたのです。斧《おの》、針金、釘《くぎ》、やすり、のこぎりといった、月では手に入らないものばかりです。いつもの旅支度とはずいぶんちがっていました。いつもは、あの小さな黒い診察かばんと、着ている服だけなのですから。

例によって、ほんの二口、三口、食べ物を口にするだけのあいだ休むと、先生はさっそく仕事にとりかかりました。音を調べる道具やら、振動を調べる器具やら、十以上の装置をいっぺんに組み立てたいようすでした。ぼくらは、のこぎりと、斧と、そのほかいくつかの道具を使って、一時間ほどで、キャンプのまわりに六つの小さな小屋を建てました。

第十章　月のマゼラン

それにしても、どうして先生は月へ呼ばれたのでしょう。どうして月の動物たちは、ぼくらをうさんくさそうに見ているのでしょう。どうして巨人は、あんなにも用心深く、ぼくらと会わないようにしているのでしょう——といった心配事はひとまず忘れて、先生は、植物のことばの研究に全身全霊で打ちこみました。

先生はいつだって、鬼のように働くのが好きなのです。ときどき思い出したように、食事をひったくるように食べたり、ちらほらと睡眠をとったりしましたが、そんなことはどうでもいいといった調子でした。先生が、おもしろい手がかりをつかんだときの、破竹のいきおいについていかなければならないぼくらにしてみれば、ひどくつかれる話でした。それでも、やりがいのある仕事でした。一日半たつと、先生は、木々が身ぶり手ぶりのように枝を動かして会話をしているという事実をつきとめました。しかも、それだけではありません。見よう見まねで、先生自身が木のように身をよじらせて、この何百年もむかしから森に住んでいる木と、森の空き地で、会話を——曲がりなりにも――したのです。

すると、新たな事実がわかってきました。それ以外の方法でも、ことばのようなものが伝えられているのです。たとえば、モールス信号のように、短いにおい、長いにおいと、においの長さをはっきりと変えることで伝えたり、決まった音を出すように枝をある角度で風に当ててかなでる風の歌で伝えたりしていました。ほかにもいろいろ奇妙で、ふしぎな方法がありました。

毎晩、眠りにつく前に、ぼくは例の、はてしないノートとりに精も根もつきはてて、死んだようになっていました。先生は、使っても使ってもなくならないほどの大量のノートを持ってきているようでした。

チーチーは、ぼくらの食事係となってくれました。ありがたいことです！　さもなければ、かりに仕事のしすぎで死ななかったとしても、飢え死にしていたことでしょう。三時間ごとに、この忠実なサルは、ぼくらがどこにいようとも、見たこともない野菜や、くだものや、きれいなおいしい飲み水を持ってきてくれるのでした。

ぼくは、探検の公式な記録係です。（たいへんな仕事ですが、とても誇りに思っていました。）先生の博物学上のメモをとるほかに、いろいろな計算の結果を記録するのです。気温、気圧、時間などについては、すでにお話ししました。そのほか、旅をした距離の計算などもあります。これは、なかなかむずかしい計算でした。先生は、歩数計（ポケットに入る小さな道具で、歩数から歩いた距離を計算してくれる）を持ってきていました。ところが、月では、重力がちがうので、一歩と言っても、地球での一歩とだいぶちがいます。しかも、いつも一定になりません。地面がくだりの坂道になっていれば、自然と軽く二メートルぐらい、一歩で行けてしまいます。特にがんばらないでも、です。また、のぼり坂であっても、ふつうに歩くよりもずっと遠くまで一歩で行けてしまうのです。

月一周旅行をしてみようと先生が最初に言いだしたのは、このころでした。みなさんご存じでしょうが、船で初めて世界一周をしたのはマゼランでした。それはすばらしい偉業でした。地球は、大陸よりも海が多いですが、月では反対に、水よりも、かわいた陸地のほうが多いのでした。大きな海はありません。湖や、湖がいくつかつながったものが、水のすべてでした。したがって、月一周旅行をすることは、月のほうが小さいとは言え、マゼランの世界一周よりもむずかしかったのです。

そのため、先生は、ぼくらが旅してきた距離をきちんと記録するように、とてもやかましくおっしゃいました。でも方角については、完全にまっすぐ進むようには注意してきませんでした。なぜって、まっすぐ進むなんてぜんぜんたやすいことではありませんし、ぼくらが木の音楽や、足あとや、水源や、岩層といったものを調べるたびに、方位磁針の九十度ぐらい、進む方角がずれてしまうのです。「方位磁針」と言っても、地球の地理で使う方位磁針とは少しちがいます。前にもお話ししたように、ドリトル先生がパドルビーから持ってきた方位磁針はぜんぜん役に立たなくなってしまっていたので、代わりになるものをさがさなければならなかったのです。

　ドリトル先生は、いつものように熱心にこの問題にとりくみました。先生は、とてもすぐれた数学者でもありました。ある日の午後、先生はノートと航海暦〔太陽、月、星などの位置を示した表〕を手に、腰をすえて、星を見れば自分のいる位置と進んでいる方角がわかるような表を作りあげました。星というものは、どういうわけか、ふしぎな安心感を与えてくれます。地球からは遠くかなたに見えて、手の届かない、ふしぎなものと思えた天体が、ここでは、急に親しく感じられました。それはたぶん、地球で見たものと変わらないものは、星々だけだったからでしょう。月からながめる星々は、まさに地球から見ていた星々と同じであって、どれも何兆キロもはなれているという事実は変わりません。ぼくらにしてみれば、星こそが、以前から見て知っているゆいいつのものだったのです。

　方位磁針の代わりになるものをなにか工夫しようとがんばっているとき、ぼくらは爆発する木を発見することになります。それは、はっきりとした方角をたもつためにいろいろと試していた先生が、ある日ふと口にしたアイデアがきっかけでした。

「そうだ、スタビンズ君、思いついたよ、風だ！　いつも同じように吹いている。それも、たぶん同じ方角からだ。方角がずれるとしても、おそらくは計算できる一定の変化だろう。実験してみようじゃないか。」

そこでさっそく、ぼくらは、風を調べる装置を作りはじめました。軽い木の皮で長いリボンを作って、風向計にしました。それから、ドリトル先生は、けむりのアイデアも思いつきました。

「つまり、」と、先生は言いました。「風むきが変わったら、においでわかるわけだ。ちゃんと設置ができていればね。そうすれば、われわれは、そのあいだに月のことばの研究をつづけられる。」

こうして、ぼくらはさっそく火をたく仕事にとりかかりました。火というよりは、けむりがもくもくたちのぼるたき火です。これで、方角を知る手段として風がたよりになるかどうかがわかるはずです。

第十一章　月一周旅行の準備

このたき火をどのようにしかけたら、一番満足のいく結果が出るか知るために、ぼくらは苦心を重ねました。まず、どこでたき火をするか、その正確な場所を慎重に定めました。なるべく木の生えていない小山の上や、山の肩（山頂の少し下の平らなところ）などにしました。そこなら、下草に燃えうつって山火事になったりしないからです。それから、燃料の問題がありました。燃やすには、どんな木が一番いいのでしょうか？

前にもお話ししたとおり、枯れ木はほとんどありません。ですから、木を切って、かわかすしかないのです。

そこで木を切りはじめたのですが、さほど切り進めないうちに、先生がとつぜん、良心の痛みを感じました。話すことができる木は感覚もあるだろうというのです。そう考えると、木を切るなんて、おそろしいことです。かと言って、木に聞いてみる勇気さえありませんでした。そこで、やっぱり、落ちている小枝を集めることになりました。もちろん、遠くから見えたり、におったりするほど大きなたき火を作るためには、大量の燃料が必要でしたから、小枝ひろいは大仕事でした。ずいぶん話しあったあと、この作業は急いで終わらせることはできないという結論に達しました。この作業がうまくいくかどうかで、今後のことが大きく左右されます。めんどうな仕事ですが、じっとがまんしてつづけなければなりません。そこで、ぼくらはジャングルにもどって、いろいろな木の見本を集めて、燃えかたを試すことにしました。

見本集めの仕事ができるのは、先生とぼくしかいませんでしたから、時間がかかりました。チーチーは、小枝をひろう手伝いをしてくれましたが、長く燃えそうなほど大きな木は、チーチーには運べませんでした。

さて、いくつかの種類の木を集めて、順に燃やしてみました。ちっとも燃えないものもあり、かなりよく燃えるものもありましたが、けむりがじゅうぶんに出ないものもありました。

たしか、五種類めの木を試していたときだったと思いますが、もう少しで大事故になるところでした。火というのは、月ではかなりめずらしいもののようで（のろしをあげたのは、ほんとに例外だったようです）、ぼくらが探検したかぎりでは、山が燃えたあともありませんでした。ですから、材料を試すのにマッチをするのは、とても注意しながらやっていたのですが、ある晩、先生がシダのような木（竹みたいでもありました）に火をつけたときには、あやうく大やけどをしそうになりました。その木は、火薬のように燃えあがったのです。

チーチーとぼくは、先生を運んで、体を調べました。ひどいやけどにはなっていませんでしたが、危機一髪でした。手が水ぶくれになっており、先生は例の小さな黒かばんから、どの薬を取り出して炎症をふせげばよいか、教えてくださいました。

その木がぼっと燃えあがるとき、白い濃いけむりのかたまりが、もくもくとたちのぼるのに、ぼくらはみんな気がつきました。そして、爆発でできたどんよりとしたけむりの雲は、そのあと何時間も、もうもうと、近くの丘のまわりをただよっていました。

包帯でぐるぐるまきになった先生は、「ついに、パドルビーから見えたけむりの合図の材料を、偶然に見つけたぞ」とおっしゃいました。

「でも、おどろきですよ、先生」と、ぼく。「はるか遠くの地球から見えるなんて、どんなに大きなかがり火だったんでしょう！　そんなに遠くから見えるには、何千トンもの材料が山と積み重ねられていたにちがいありません。」

「そんなの、だれが作ったのかな？」と、チーチーが口をはさみました。

しばらくのあいだ、みんなだまっていました。それから、ポリネシアが、ぼくが思っていたことを言いました。それはたぶん、先生が思っていたことでもありました。

「その合図の火を作ったやつは」と、ポリネシアは静かに言いました。「一日で、ものすごい量の材木を運べるやつだね。まちがいないよ。」

「じゃあ、合図を送ったのは、あいつだってこと？」チーチーは、びっくりして、かわいい小さな目をまんまるにして、たずねました。

「そうさ」と、ポリネシアは言うと、だまって物思いにふけってしまい、チーチーがさらに質問をしても、なにも答えませんでした。

「うーん。」チーチーは、ついに言いました。「あいつが送ったのだとすると、きっとなにもかもあいつのせいだ。蛾をぼくたちのところへよこしたのも、あいつにちがいない。先生をここに呼んで、助けてもらおうとしたのも。」

チーチーは、この考えをどうお思いになりますかと問うように、先生のほうを見ました。しかし、先生は、ポリネシアと同じで、なにも言ってくれそうもありませんでした。

　さて、こんな小さな事故はあったものの、けむりをあげる実験はとてもうまくいきました。一度けむりをあげれば、三、四日はけむりがもったので、風を使って方角を示す方法は成功だとわかったのです。

「もちろん、スタビンズ君」と、先生。「月一周旅行に出かける前に、もう一度テストしてみなければならんだろう。そよ風は、今は一方向に吹きつづけているが、一週間かそこいらで、風むきが変わらないともかぎらないからね。それに、山が風のむきを変えてしまって、われわれを迷子にしないか、気をつけていなければならない。しかし、今のところは、方位磁針の代わりになるものが手に入ったと言ってよかろう。」

そのあと、ぼくは、ポリネシアとチーチーから聞こえないところにいるとき、ぼくらをここへ連れてきたのは、ほんとは月の巨人であって動物たちではないという考えを、先生がどう思っていらっしゃるのかたずねてみました。みんなに聞こえていなければ、先生は、ぼくには、心おきなくお話しくださるのではないかと思ったのです。

ところが、先生は、奇妙にも、ことばをにごしました。

「どうだろうね、スタビンズ君」と、先生は、まゆをひそめて言いました。「わからんよ。ほんとうのところ、今、私が気にかけているのは、その問題ではない。ともかく、ただちに結論を出さなければならん問題ではないからね。この月の植物界という研究分野は、博物学者が百人がかりで一、二年かけて研究するにあたいするものだよ。まだその表面をひっかいた程度にすぎん。月の裏側の知られざるところへ進んでいけば、きっと、ものすごい発見が……いやまあ、わからんがね。月の巨人と動物たちとが、われわれに話があるなら、むこうからなにか言ってくるだろう。それまで、こちらには、やらねばならん仕事がある。とてもわれわれだけではできないほどの量だ……いやはや、ここに測量士、地図作成士、地質調査員など、ありとあらゆるスタッフがいてくれたらよかったんだがな！　考えてもみたまえ！　月にいるんだよ、われわれは。この新世界で、右も左もわからずに進むばかりで、月のどこにいるかさえわかっていない！　これまでわれわれが歩いてきた道すじについては、私には、ばくぜんとしたイメージがあって、たどってきた道をかんたんな地図にしてあるんだがね。ほんとうなら、スタビンズ君、ちゃんとした地図を作らなければならんよ。どこに山頂があって、どこに谷が、川が、湖が、平地があるかといったことをぜんぶ描き記した地図をね。いやはや、まったく！　とにかく、やれることからやっていくしかないね。」

第十二章　おしゃれユリ

もちろん、月がもっと大きな球体だったら、ぼくらの月世界探検は、こんなにうまくいかなかったことでしょう。考えてみれば、男ひとり、少年ひとり、サル一匹、オウム一羽だけで全世界を探検しようだなんて、ひかえめに言っても、おかしなことです。

最初、月に到着した地点から動きはじめたとき、まさか月一周旅行をすることになるなんて思ってもいませんでした。なりゆきで、そういうふうになっただけです。そもそも、なんらかの動物が出てくるだろうと思っていたのに、出てきませんでした。なおも進んでいくうちに、木々や草花にことばがあるとわかって、先生は例の熱に浮かされたような研究をはじめたわけです。その研究のために、さらに先へ進むことになりました。ぼくらはいつも、ある場所から少しでも先に進むときには、目じるしとなるもの——荷物など——を残しておいて、いざというときには、いつでもそこへもどって食べ物や寝るところにありつけるようにしました。

こんな手さぐり状態の旅では、ポリネシアがとても役に立ってくれました。先生は、今や定期的にポリネシアを先へやって、下見の報告をしてもらっていたのです。おかげで、先がどんなふうになっているか、だいたいわかりました。それにくわえて、先生はポケット・サイズの小型測量器具をいくつか持ってきていたので、かなりコースを変えたところでは、先生の地図にその器具でしるしをつけることができました。

旅をはじめたばかりのころは、野菜やくだものなどの食べ物がすぐに手に入るように、最初に見つけた森からはなれてはいけないと思っていました。ところが、やがてポリネシアの偵察によって、前方にも森がいくつかあるとわかりました。探検家チーチーに調べにいってもらったところ、今までいた森よりもずっとおいしいものがあるとわかったので、今までの森をはなれて、なぞめいた月の裏側へと、歩みを進めていったのでした。

奥地へ進むにつれて、先生がなさっている植物のことばの研究も進んでいったようです。ぼくらは何度も旅の足を止めて、四、五日ほどひとつところでキャンプをしたのですが、そのあいだに先生はなにか新しい装置を作って、今までわからなかった植物のことばの問題にとりくみ、どんどん、ことばがわかっていくようでした。月の裏側では、植物は、ずっと複雑で、生き生きしていました。このころには、ぼくらは植物界のふしぎなことにどんどん慣れてきていました。そして、科学のことがよくわからないぼくでさえ、ここでは草花や木々が、いろいろな方法でとても自由に会話をしあっているということがよくわかったのです。

おしゃれユリと最初に出会ったときのことは、決して忘れられません。おしゃれユリというのは、先生があとでそう名づけた、派手な大きな花のことです。パーティーでささやきあったり、うわさをしたりする人たちみたいに、長く細い茎の上で、いっせいにゆれたり動いたりするのです。初めてこのユリが見えるところまで来たときは、あまり動いていませんでしたが、近づいていくと、ぼくらが来たことにあわてたか、おもしろがるかのように、次第に大きく動きだしました。

それは、ぼくがこれまでに見たなかで、うたがいなく一番美しい花でした。そよ風がいつもどおりに一定の強さで吹いているのに、たくさんあるユリたちの大きな頭が、ぼくらが近づくにつれて、ひどく動いたので、先生は探検を中止して、調査することにしたのでした。

ぼくらは「キャンプをする」という言いかたをしていましたが、月ではとてもかんたんなことでした。テントをはったり、火をおこしたりする必要がなかったからです。ただ、荷物をほどいて、食べ物を出したり寝床を用意すればよいだけでした。

ぼくらは、一日じゅう歩いてくたくたでした。ユリが咲いている沼地のようなところのむこうには、また新たなジャングルがあって、そこにはさらにふしぎな木々や、花をつけたつる植物が生えていました。

そそくさと、だまって夕食にしたのち、ぼくらは横になって、毛布をかぶりました。暗闇がせまると、森の音楽がいっそう大きくなりました。植物という植物が、自分たちのすみかへ入りこんできたこの訪問客についておしゃべりをしているかのように思えました。

ぼくらが眠りに落ちていくとき、森の音楽よりも大きな羽音が聞こえました。例によって大きな虫が何匹か、近くを飛びまわって、別世界からやってきたぼくらを見張っているのです。

月の生き物とのいろんな出会いがありましたが、そのなかでも、おしゃれユリとの出会いが、おそらく一番変わっていて、一番わくわくするものでした。二日もすると、先生のユリ語の研究はめざましい成果をあげました。それは、先生の説明によれば、このユリがとりわけ頭がよくて、先生ががんばる以上にユリのほうから話そうとしてくれたからなのだそうですが、もちろん先生がそれまでに木々やしげみを相手にすでにかなりの成果をあげていなかったら、ユリたちもあれほど早く先生と話ができるようになったかわかりません。

三日めの終わりまでに、チーチーとポリネシアとぼくは、ドリトル先生がユリたちと実際に会話をしているのを見てびっくりしてしまいました。しかも、ほとんどなんの装置も使わずに話しているのです。先生は、おしゃれユリがおたがいに話すときは、もっぱら花をゆらして話をすることを発見なさったのでした。ユリは、自分たち以外の草花や木々と話すときはちがう話しかたをし——あとで教えてもらったのですが、鳥や虫と話すときもちがう話しかたをするそうです——おたがいに話すときは、花をゆらすのがふつうの話しかたなのです。

ユリが、ずらりとならんでいるのは、とても豪華で、みごとなながめです。花の直径はおそらく四十五センチくらいあるでしょう。ラッパ型をして、あざやかな色をしていました。花びらはやわらかいクリーム色で、まんなかの黒いめしべがあるあたりには、スミレ色やオレンジ色の大きな斑点《はんてん》がついていました。葉は、濃いオリーブ・グリーンでした。

しかし、へんだったのは、このユリがかしこい生き物のように見えることでした。博物学のことをぜんぜん知らない人でも、月の植物のことがわかっていない人でも、このふしぎな花を見れば、すぐにその奇妙な特徴がわかるはずです。植物ではなくて、人間の前にいるような感じがしてしまうのです。そして、ユリと話をしたり、あるいは話そうとしたりすることが、ごく自然なことのように思えるのでした。

ぼくは、先生とおしゃれユリとの会話を記録して、先生がたくさん持ってきたノートのうち、二冊にぎっしり書きこみました。のちに、先生は、月の植物界についてさらなる情報がほしいときに、この花のところへもどってきました。というのも、先生がぼくらに説明してくれたように――ともかく、月であれ地球であれ、わかっているかぎり――植物のなかでもユリが一番進化していたからでした。

第十三章　いろんなにおいを出す花

おしゃれユリのいる沼地に初めてやってきたとき、どぎもをぬかれたもうひとつの奇妙なことは、さまざまな香りがしていたことでした。この地域のまわり一キロ半ほどに、ほかの花は一本も見えず、沼地全体はユリに占領されていたというのに、少なくとも六つの香りが、はっきりとかぎわけられました。はじめは、ジャングルか荒野に咲いている別の花から、風が香りを運んできているのかもしれないと思ったのですが、そよ風の吹いている方角からすると、砂だらけの砂漠から香ってくることになってしまい、こんな強烈な香りが砂漠からただよってくるはずはありませんでした。

ユリがいくつかの香りを自由に出しているのかもしれないとまっさきに思いついたのは、先生でした。さっそく先生は、たしかめにかかりました。そして、そのとおりだと確信するのに二分とかかりませんでした。「ジップを連れてこなかったのはざんねんだったね」と、先生は言いました。犬のジップのだれにも負けない鼻は、ここでとても役だったことでしょう。しかし、この花が、先生にたのまれるままに、少なくとも六つの香りを好きなように出せるということは、ふつうの人間の鼻さえあればわかりました。

その大部分の香りは、とてもかぐわしいものでしたが、ひとつかふたつ、ほとんど気絶しそうに、いやなものがありました。先生がユリたちに、どんなにおいが出せるのかとたずねたものですから、ユリたちは自分たちの出せるすべてのにおいを出してみせようとして、いやなにおいも出したのでした。チーチーは、そのにおいをかいで、すぐに気を失ってしまいました。毒ガスみたいで、目にしみて、涙がボロボロ出てくるのです。先生とぼくは、息がつまらずにすみましたので、意識のないチーチーの体をかついで、かろうじて、逃げおおせました。

おしゃれユリは、ぼくらをひどい目にあわせてしまったことを知ると、すぐに、かいだこともないような、ほっとする、すてきなにおいを出してくれました。明らかに、ぼくらに親切にしよう、なかよしになろうとしているのです。はたして、あとでユリと先生との会話でわかったのですが（その会話はひとこともらさず書きとめました）、月の世界で動きまわれないにもかかわらず、ユリたちは偉大なる博物学者ジョン・ドリトル先生のことを聞きつけて、先生がいらっしゃるのを何日も待っていたそうなのです。このユリたちに出会って、初めてぼくらは月に友だちがいると感じることができたのでした。

先生が月の植物たちとどんな会話をしたかをみなさんにお伝えするには、先生が、そのときぼくのために訳しながら、おしゃれユリとなさった会話の一部を、一字一句、ぼくの日誌からここに写すのが一番でしょう。それでも、人間が花と話せるなんてうそだろうと、うたがう人もたくさんいるでしょうが、そういった人たちのことは気にしないようにします。ドリトル先生が、けもの、魚、そして虫のことばを次々に研究してきたいきさつを知っている人なら、この偉大なる先生がついに、おどろくべき知性をそなえた植物と出会って会話ができるようになったとしても、さほどふしぎとは思わないことでしょう。

いろいろなできごとを記したぼくの日誌を読み返すと、あのときのようすがはっきり目に浮かびます。ちょうど、たそがれどきの一時間ほど前のことでした。月でのたそがれどきとは、昼間の弱々しい日の光がほの暗くなったころを言います。完全にうす暗くなれば、月では、ほんとうに夜になったということです。先生は、キャンプを出るとき、肩ごしにぼくをふり返って、「今晩はかなりな進展が見られるだろうから、予備のノートを持ってきてくれたまえ」とおっしゃいました。だから、ぼくは予備のノートを三冊かかえて、先生のあとを追いました。

ユリの咲いている場所まであと二十歩あまりのところに来ると（チーチーがいやなにおいをかいで死にかけた事件のあと、ぼくらはキャンプを数百メートル遠くへうつ

したのでした)、先生は地面にしゃがみこんで、左右に頭をゆらしはじめました。すぐにユリたちが、それに応《こた》えて、頭をゆらしたり、ふったり、うなずいたり、おじぎをしたりしはじめました。

「用意はいいかね、スタビンズ君？」先生が、たずねました。

「はい、先生。」ぼくは、えんぴつの先がとがっているのをたしかめながら言いました。

「よろしい」と、先生。「書きとめてくれたまえ。」

先生「この動かない生活は気に入っているのかね――つまり、いつも同じ場所にいて、動けなくてもかまわんのかね？」

ユリ「(何本かが声をそろえて答えているようです)ええ、もちろんです。動かないのは、ぜんぜんかまわないんです。なにが起こっているかは、教えてもらえますから。」

先生「だれ、いや、なにが、教えてくれるのかね？」

ユリ「ほかの植物とか、ハチとか、鳥とかが、最新のニュースを伝えてくれますのよ。」

先生「おや、ハチや鳥とも会話ができるのかね？」

ユリ「ええ、もちろんですわ！」

先生「だが、ハチや鳥は、君たちとは種族がちがうね。」

ユリ「そのとおりです。でも、ハチは、みつを求めて私たちのところへ来ますし、鳥は――特にウグイスやヨシキリなどのムシクイと呼ばれる鳥は――私たちの葉のあいだにとまりにやってきて、歌ったり話したりして、世界で起こっていることを教えてくれるんですもの。ありがたいことです。それ以上のなにを望みましょう？」
先生「まったくそのとおり、そのとおりだね。不満があるはずだというわけではない。だが、動いて、旅をしてみたいとは思わんのかね？」
ユリ「まあ、とんでもない！　うろつきまわって、なんになると言うんです？　結局のところ、わが家が一番ですよ――もちろん、わが家がよいところでしたらね。私たちの生活は快適で、とても安全です。あちこち走りまわる方たちは、いつも事故にあったり、足を折ったり、ひどい目にあっています。そうしためんどうは、私たちには起こりません。じっとすわって、世間のうつり変わりをながめていられるんです。ときどきたがいにおしゃべりをしていると、いつも鳥たちがうわさ話をしたり、ハチがやってきたりして、私たちを楽しませてくれるんですのよ。」
先生「ほんとに鳥やハチのことばがわかるのかね？　おどろいたもんだ。」
ユリ「完璧《かんぺき》にわかりますわ。カブトムシや蛾の話もわかります。」

　おしゃれユリは目も見えるというおどろくべき発見をしたのは、最初に記録した会話の、ちょうどこのあたりに来たときでした。すでにお話ししたように、月では光がいつもなんだか暗い感じがします。先生は、話しながら、ふいにパイプを吸いたいとお思いになりました。そして、ユリたちに、タバコのけむりはいやではないかとたずねました。ユリたちは、けむりを経験したことがないのでわからないと言いました。そこで先生は、パイプに火をつけてみて、ユリたちがいやがったらやめようと言いました。

そうして先生は、ポケットからマッチ箱を取り出して、火をつけました。ぼくらは、そのマッチがぼっと燃えあがって初めて、月の光がとてもやわらかくてやさしいということに今さらながら気がついたのでした。たしかに、たき火の材料にしようとして木を燃やしたとき、もっと大きな炎をあげたことはありましたが、そのときは実験のことばかり考えていたのでした。今度は、ユリたちが急に頭を引っこめて、炎から顔をそむけるのがわかりましたから、一本のマッチをすって照らしたぐらいで、ユリたちが慣れ親しんでいる昼間のふつうの明るさが大きく変わってしまうとわかったのです。

第十四章　花に鏡をあげましょう

マッチの火からユリたちが顔をそむけるのを見た先生は、光がユリたちに与えた思いがけない、ふしぎな結果に大いに興味をいだきました。

「スタビンズ君」と、先生はささやきました。「ユリが熱さを感じたはずがない。われわれは、かなり、はなれていたからね。光がまぶしくて顔をそむけたのだとしたら、光を感じる器官を持っていて、目が見えているのかもしれないということになる！こいつは、さっそく調べてみなければ。」

そこで先生は、ユリの視覚について、できるかぎり知りたいと思って、ふたたびユリたちに質問をはじめました。先生は、ユリたちの前に手をつき出して、今どんな動きをしたかわかったかと、たずねました。毎回ユリたちは、（先生がなぜそんなことをたずねるのか、わからないままに）、先生がなさったことを、そのとおりに言いました。それから先生は、ひとつの大きなユリに近づいて、そのまわりに片手をぐるりと動かしました。すると花は、首をまわして、手をぐるりと追ったのです。

実験が終わると、おしゃれユリたちがなんらかの方法で――どこに目に相当する器官があるのかわかりませんでしたが――ものを見ているのだということが、はっきりしました。

先生は、この問題を解決しようと、何時間も何日も調べました。しかし、思うような結果は出なかったとおっしゃいました。目らしきものをユリたちのどこにも見つけられなかったので、「視覚と思っていたのは、なにかほかの感覚であって、それが高度に発達しているために、ものが見えているのと同じ結果になるのだろう」と、さしあたって結論せざるをえませんでした。

「結局のところ、スタビンズ君」と、先生は言いました。「人間に五感があるからといって、ほかの生物に五つ以上の感覚があってはならんということにはならないからね。ある種の鳥には第六感があると長いこと思われてきた。それにしても、この花たちが光を感じ、色や動きや形を見てとるようすは、まるで目が見えているかのようなんだがな――たとえ目がなくても……ふうむ！　そうだ、目がなくても、ものが見えるかもしれんぞ。」

その夜、一日の仕事が終わったとき、先生は、自分の荷物のなかをかきまわして、たまたま荷造りして、荷物のなかに入れていた絵入りカタログを、書類のあいだからさがしだしました。庭いじりが大好きな先生は、イギリスじゅうの園芸店からカタログをとりよせていたのでした。

「いやはや、スタビンズ君！」先生は、大よろこびして、りっぱなカタログのページをめくりながらさけびました。「こいつは、いいぞ。ユリに目が見えるなら、これでテストできる。カラーの花の絵だ！」

あくる日、先生がカタログを見せながら、おしゃれユリたちに質問をしてみると、とてもよい結果が出ました。ペチュニア、キク、タチアオイが描かれた明るいカラーの絵を手にとると、それに光があたってよく見えるようにして、ユリたちの顔の前にかかげたのです。そうするとユリたちがざわついたことは、チーチーとぼくでさえ、すぐにわかりました。大きなラッパ型の花たちは、その細い茎の上で、ページをもっとよく見ようとして、ゆれながら前かがみになりました。それから、まるであだこうだと相談しあうように、おたがいに顔を見あわせたのです。

のちに先生は、ユリたちの言っていることをぼくに通訳してくれたので、ぼくはそれをノートに記しました。ユリたちは、「この花はだれだろう」と、知りたくてたまらないようすでした。まるで人間のことを話すようにして、その花たち（というよりは、その花の種族）のことを話していたのです。のちに先生が月の〝植物の社交界〟と呼ぶようになった植物界のつながりについて、ぼくらは初めて手がかりを得たのでした。この美しい花たちは、花の肖像画を見て、この外国の美しい花たちはどんな生活をしているのだろうなどと、まるで人間の貴婦人のようにおどろいて、いろいろ知りたがっているように見えたのでした。

実のところ、ユリたちがこうして花々の顔の美しさに興味を示したことで、先生はこの花を〝おしゃれユリ〟と名づけたのでした。ユリたちは、そのふしぎなことばで、何時間にもわたって、先生が見せてくださったこの異国風の花について質問しました。地球の花の実際の大きさを教えてあげると、ユリたちはずいぶんがっかりしたようでした。けれども、別の世界にいる自分たちの姉妹が、少なくとも大きさという点では自分たちにかなわないと知って、少しよろこんでいたようでもありました。また地球では、花も草も、人間や鳥やそのほかの動物と会話をすることは（人間が知るかぎりにおいて）ないのだ、と説明すると、ひどくふしぎがっていました。

容姿についてさらにたずねると、どれほどユリたちが自分たちの顔に関心をよせているかがわかって、先生はとてもおどろきました。ユリたちは、いつも水に近づいて、自分のすがたを水面《みなも》に映して見ようとするのです。ハチや鳥がやってきて、自分たちのはなやかな花びらに花粉をこぼしたり、めしべをまげていったりすると、ひどく怒ってしまいます。

先生は、一本ずつの花にも、グループの花にも、話しかけました。そうやって調査している最中、かわいそうな花たちに出会いました。きれいな池や小川のほとりで水を鏡にして平和な生活をしていたのに、その水がひあがってしまったのです。その花たちは、日を浴びてかたまったねんどを悲しげにのぞきこむしかないのでした。

　そこで先生は、調査をしばらく中止して、このかわいそうな花たちに、ひあがってしまった自然の鏡の代わりに、すがたを映せるものを作ってあげることにしました。

　ちゃんとした鏡は、先生のひげそり用の鏡しかありませんでしたが、もちろんそれを手ばなすわけにはいきません。どうしたものかと考えていると、食料品のなかから、くだものやイワシのかんづめのふたや底などが出てきました。これをねんどでぴかぴかにみがいて、棒の先につけ、ユリたちが自分の顔を見られるようにしてやりました。

「自然というものは、いつも自分がなりたいものに成長するものだよ、スタビンズ君」と、先生は言いました。「この花たちは、自分たちが美しいと思うもの、みにくいと思うものについて、はっきりとした考えを持っている。それゆえ、われわれが作ってあげたあの道具は、たいしたものではないが、この花の進化に大きな影響を与えるだろう。」

　月で経験したことのうち、一番よく記憶に残っているのは、おしゃれユリたちがこの新しい鏡をもらって、よろこぶようすです。花粉まみれの自分の花びらが、やわらかい光を浴びてどんなにつやつやしているか見ようと、あちこちへ顔をかしげながら、風にゆられ、たがいにささやきあってうわさしたり、すがたをくらべあったりしていました。

　じゃまさえ入らなければ、先生はきっと、この高度に進化した植物の研究を何か月にもわたって、とても楽しくつづけていたことでしょう。たしかに、この花から学ぶべきことはたくさんありました。たとえば、ユリたちは、のちに先生が〝毒ユリ〟とか〝吸血ユリ〟とか呼ぶようになる別の種について教えてくれました。〝毒ユリ〟というのは、ひろびろとしたところが好きで、毒のにおい（おしゃれユリたちが出したあのいやなにおいよりもずっと危険でした）を出して、自分の場所を確保するのです。においをかいだ者は、長く生きてはいられません。

　ぼくらは、おしゃれユリたちが示した方角に行ってみて、ついに〝毒ユリ〟のありかをつきとめ、実際に会話もしてみました――と言っても、ぼくらのことをふゆかいに思ったら、いつなんどき毒ガスを出してぼくらを殺してしまうかもしれないと思って、ずっとびくびくしていました。

　おしゃれユリたちが教えてくれたさらに別の植物から、先生は「繁殖方法」について多くのことを学びました。たとえば、ある種の低木は、自分たちの思うままにぐんぐん生長して、一年に何回も種をまきちらすことで、雑草やほかの低木をよせつけないのだそうです。

　この猛スピードで生長する低木をさがしているうちに、ぼくらは、ムーン・ベルが一面に咲きみだれている大きな野原にやってきました。何千平方メートルにもわたって、かがやかしいオレンジ色の花がぎっしりとひろがっているさまは、とてもはなやかでした。あたりの空気は、ムーン・ベルのさわやかな香りに満ちていました。先生は、このあたりに、ぼくらの巨大蛾がいるのではないかと言いましたが、何時間さがしても、虫の手がかりは見つかりませんでした。

第十五章　新しい服を作る

「まったくわけがわからん」と、ドリトル先生は、つぶやきました。「少なくとも、われわれをここに連れてきてくれたあの蛾が、われわれに会いたくない理由なんてあるだろうか？」

「蛾のせいじゃないかもしれません。」ポリネシアが、ボソッと言いました。

「どういう意味だね？」と、先生。

「つまりですね」と、ポリネシア。「だれかが、蛾やそのほかの連中を、あたしらに会わせないようにしているのかもしれません。」

「だれかとは、月の巨人かね？」と、先生。

しかし、これにはポリネシアは返事をせず、この話はそれっきりになりました。

「それよりも、ぼくが気になるのは、」と、チーチーが言いました。

とたんに、しんとなりました。やがて、チーチーはことばをつづけましたが、それを聞くまでもなく、チーチーがなにを考えているか、みんなすっかりわかっていました。

「どうやっておうちに帰るのかということです。」チーチーは言いました。「月の連中のせいで、なんでだかわからないまま、ここまでやって来たけれど、連中がこのまま知らんぷりして、ぼくらが自力で帰らなくちゃならないとしたら、もう地球に帰れる見こみはうすいですよ。」

また、みんな静かになりました。そのあいだに、だれもが暗い深刻な物思いにふけりました。

「まあ、よしよし！」と、先生が言いました。「そいつは、いざとなったら考えればよいことだ。結局のところ、この連中が――と言っても、だれだかわからんが――ほんとうに、われわれによそよそしいのかどうか、まだわかったわけじゃない。なにかわけがあって、ゆっくりやっているだけなのかもしれない。こちらにとって、連中や月の世界が奇怪に思えるのと同じぐらい、むこうにとって、われわれは奇怪なのだということを忘れてはならん。奇怪だからといって、おびえてはいかんのだ。ここに来てから、ええっと、二週間と少しだけしかたっていない。ここは気持ちのよいところで、研究すべきことはたくさんある。植物たちは、こんなにもなかよしになってくれているじゃないか。こちらもゆっくりかまえれば、きっと、その――だれにせよ――連中も、なかよしになってくれるだろう。」

このころ問題となったもうひとつのことは、月の食べ物がぼくらに与える影響です。

ポリネシアが最初にそのことを言いだしました。

「トミー」と、ある日、ポリネシアは言ったのです。「あんたは、ものすごく背がのびてきた。それに太ってきたね？」

「え――そうかな？」と、ぼく。「まあ、ベルトがちょっときついなとは感じてたんだ。でも、育ちざかりだからだと思っていた。」

「先生もですよ」と、オウムは、つづけました。「あたしの目がどうかしちまったんじゃなけりゃ、先生も大きくなってますよ、まちがいないね。」

「それは、すぐにたしかめられる」と、先生。「自分の身長は正確にわかっている――百五十九センチだ。荷物に六十センチの定規が入っているから、さっそく木に背中をつけて、身長を測ってみよう。」

おどろいたことに、先生の背は、月に着いてから七、八センチものびていました。ぼくは自分のもともとの身長がよくわかっていませんでしたが、ぼくのほうも測ってみると、思ったよりもずっと大きくなっていました。ウエストなどは、見るからに大きくなっていました。チーチーでさえ、よく見てみると、大きく重たく見えました。

ポリネシアはもちろん小さいので、見た目にわかるほど大きくなるには、よほど変化がなければなりません。

それでも、三人が月に着いてから、かなり大きくなったことは、まちがいありませんでした。

「まあ、」と、先生。「もっともな話だよ。月の野菜も虫も、地球のものとくらべてずっと大きいんだ。その大きくなる原因が、気候にあるにせよ、食べ物にあるにせよ、大気にあるにせよ、気圧にあるにせよ、われわれにも同じように作用しているのだ。このことは、生物学者や生理学者に大いに調べてもらわなければならん。四季の変化がきわめてゆっくりしている――と言うより、四季がないこと――そのほか、いろんな理由で、月の動植物の寿命はのびている。もしわれわれがここに住みつづけたら、われわれの寿命も何百年ものびるだろう。ついこのあいだ、吸血ユリと話していたとき、教えてもらったのだが、切り花――というのは、月の植物にとって、もちろん風とか事故とかでたまたま落ちてしまった花のことだが――でさえ、少ししめり気があれば何週間も、いや何か月も、完全に新鮮なまま生きていけるそうだ。蛾が持ってきたムーン・ベルがパドルビーであんなに長持ちしたのも、それで説明がつく。いや、月の気候は、地球の気候とまったくちがうものとみなさなければならん。月の気候について、いったいどれほどびっくりすればよいのか、きりがないね。まあ、とにかく、地球に帰ったら、もとのサイズにもどるだろうが、それでも、あまりむやみやたらと大きくなりたくないものだ。私のチョッキは、もうかなりきついよ。今まで気がつかなかったのもへんだがね。だが、あれこれ気をとられるものが多いから、しかたがないが。」

そう、月では、まさに次々に新しいことが起こり、ぼくらを夢中にさせてしまうので、ぼくらは自分たちの変化に気がつくひまがなかったのです。しかし、そのあとの数日、みんなおどろくほどのいきおいで大きくなっていったので、ぼくは真剣に心配しはじめました。ぼくの服は、文字どおりビリビリになってしまいました。先生の服もそうでした。とうとうぼくらは、このことについて相談し、月世界で新しい服を作る方法があるかを調べてみることにしました。

先生は、お裁縫はまったくできませんでしたが、幸い、着物や織物を作る材料となる植物についてはご存じでした。ある日の午後、ぼくらの着ているものがほとんどすべて小さくて着られなくなったという話になったとき、先生は言いました。

「ええと、綿は手に入らない。かりに手に入っても、糸をつむいで織るのに時間がかかりすぎる。リネン？　いや、やはりだめだ。亜麻のような植物は、月では見かけない。あるのは、木の根っこの繊維だけだ。そんな素材を肌に直接着なければならないなんて、とんでもないとは思うがね。とにかく調べてみることにしよう。」

チーチーに助けてもらって、ぼくらは森をさがしました。ふさわしいものを見つけるには何日もかかりましたが、ようやく見つけました。それは、沼地に育つ奇妙な恰《かっ》好《こう》をした木で、広くてやわらかい葉をつけていました。この葉をしっかりかわかしてやると、かたくなったり、もろくなったりせずに、ある程度やわらかくなることを発見したのです。しかも、ぬいあわせても、ちぎれないぐらいの強さがあります。チーチーとポリネシアが、糸をくれました。とても細いつる草の巻きひげをさいて、よりあわせて糸にしたものでした。そうして、ある日の夕方、ぼくらは新しい服を作りはじめました。

「大きめに作ったほうがいいね」と、先生は、岩の作業台のうえでハサミをふりながら言いました。「すぐまた、服が小さくなってしまうかもしれないから。」

とうとう服が完成して、試しに着てみると、おたがいに相手を見て大笑いをしました。

「まるでロビンソン・クルーソーの家族だね」と、ドリトル先生。「まあ、よろしい。これでとりあえず役に立つ。急場しのぎ、というやつだ。」

下着は、ぼくらが持っていた下着をぜんぶ切りさいて、二つ三つを合わせて、ひとつの下着を作りました。ぼくらが新しく作った服を肌にじかに着てみるのは不安でした。幸いなことに、とてもおだやかな気候でしたので、かんたんな服でだいじょうぶでした。

「靴は、どうしますか？」ぼくは、上着を着てズボンをはいてから言いました。「ぼくの靴は、両方ともつま先に穴があいてしまいました。」

「それはかんたんだよ」と、チーチー。「くだものをさがしているとき見つけたジャングルの木があってね。その木の皮はかんたんにはがれるから、サンダルの形に切ったら、ずいぶん長持ちするよ。むずかしいのは、靴を足にむすびつけておくための編みひもだね。」

チーチーは、ぼくらをその木のところへ案内してくれました。ぼくらがそこで作った靴は、少なくとも一週間はもちそうでした。

「よろしい！」と、先生は言いました。「さて、これでしばらく着るもののことは心配しなくてもよくなったから、もっと重要なことに集中できるぞ。」

第十六章　月についてチーチーがおぼえていること

　月の古い歴史がふたたび話題にのぼったのは、ぼくらがさらに新しい植物のところへ行こうとしているときでした。〝ささやくつる草〟というのが、葉っぱをガサガサ言わせたり、ささやくような音をたてたりして話すらしい、と先生は聞きつけたのです。

「おぼえていないかね、チーチー」と、先生はたずねました。「おまえのおばあさんが、とても古い時代の話をしたとき、なにか風変わりな草や木のことを言っていなかったかね？」

「言っていなかったと思います、先生」と、チーチーは答えました。「おばあちゃんの『まだ月がなかったころ』のお話は、だいたい動物や人間のことについてでした。木や草のことはめったに話に出ませんでした。ただ、とてもこんもりした森があったとか、なにもない砂漠だったとかいった話はしましたけどね。なぜですか？」

「いやなに、もちろん、多くの科学者たちが信じているように、月がかつて地球の一部だったというのはまちがいないとは思っているのだが、そうであるなら、地球の植物がもっと月にないのはなぜだろうかと思ってね。」

「でも、あるじゃありませんか、先生」と、ポリネシア。「アスパラガスの森はどうなんです？」

「そのとおりだ」と、先生。「その形が地球の植物を思わせるものは多くある。ここでは巨大化しているがね。だが、月の植物が話をするとか、社会的進歩と発展を示すのがあたりまえになっているということは、そうしたことが大むかし——たとえば、月がまだなかったころに——地球でも起こっていたのではないかとずっと気になっていたのだ。ただ、地球の学者たちが、そのことを——そのぅ——理解できていなかったために、草花や木々は会話しないと決めつけてきたのではなかろうか。」

「ちょっと考えてみていいですか」と、チーチーは言って、頭をかかえて考えました。しばらくしてから、チーチーは言いました。「いえ、おばあちゃんがそんな話をしていたおぼえはありません。先史時代の画家オウソー・ブラッジの話のなかで、オウソーが石ののみとかいろんな道具に木の柄をつけて、家庭用器具もその木で作っていたとかいう話は聞きました。たとえば、水を入れて運ぶために、その木をくりぬいておわんにしたりするわけです。でも、話ができる木とか草花のことはひとことも言っていませんでした。」

ちょうどお昼となったので、うわさの〝ささやくつる草〟をさがす探検に出ていたぼくらは、お昼休みにしました。それは、基地としていたキャンプから歩いて二、三時間ぐらいのところでしたが、月では楽にどんどん歩けますから、地球で歩くよりもずっと遠くまで来たことになります。ぼくらはもう一週間近く、このキャンプ――先生が特別な植物研究のための装置をすえつけていたキャンプです――を基地として、おしゃれユリが説明してくれたさまざまな新しい植物をさがして毎日探検をつづけていたのでした。でも、いつも日が暮れる前にはキャンプにもどりました。さて、この日の昼、先生は、大きな黄色いヤムイモ――ジャングルのはしから手に入れた野菜で、とても栄養があるとわかったので、主食にしていました――を、むしゃむしゃ食べながら、大きな岩にもたれかかりました。

「教えてくれたまえ、チーチー」と、先生は言いました。「先史時代の画家オウソー・ブラッジの話の結末はどうなるんだね？　あれは、とてもおもしろい話だ。」

「えっと、だいたいのところは、お話ししたと思いますが」と、チーチー。「むかしむかし、まだ月がなかったころ――おばあちゃんは、いつもそう言って話をはじめていました。そして、こうつづけたわけです。――オウソー・ブラッジは、ひとりぼっちの男でした。角や骨に石のナイフで絵をきざむのが、趣味でした。いつか人間の絵を描きたいとねがっていましたが、オウソー・ブラッジはひとりきりでしたので、モデルになる人がいませんでした。ある日、声に出して、『モデルがほしい』と言うと、美しい少女が見えました。ピッピティーパという名前です。少女は、岩にひざまずいて、オウソーが少女を絵に描くあいだ、じっとしていてくれました。オウソーは、今までで一番じょうずな絵を描きました。トナカイの角にきざみこんだのです。少女の右足首には、青い石のビーズでできたアクセサリーの輪がついていました。絵が描きあがると、少女はまた、あらわれたときと同じように、ふしぎにも、山の夕暮れの霧のなかへ消えてしまいました。オウソーは少女に待ってくれと呼びかけました。水たまりに映った自分のすがたは別として、オウソーはこれまでこの少女以外に人間を見たことがなかったのです。かわいそうなオウソー・ブラッジ、ひとりぼっちで角に絵を描くオウソー・ブラッジは、少女とお友だちになりたかったのです。しかし、少女は、『自分は妖精《ようせい》で、人間ではないから、ここにはいられない』と言って、たそがれのなかへ永遠に消えてしまいました。オウソーは、少女がひざまずいていた岩へとかけ寄りましたが、そこにあったのは少女が足首につけていた青い石のビーズの輪だけでした。心が折れてしまったオウソーは、それをひろいあげ、自分の手首にまきつけて、少女が帰ってきてくれないかと、いつもねがいながら、昼も夜もそれを身に着けていたのでした。

――というお話で、それでおしまいですよ。ぼくら若者は、お話のつづきをおばあちゃんにねだったものです。あまりに悲しい、すっきりしない終わりかたですものね。

でも、おばあちゃんは、それでおしまいだと言っていました。ひとりぼっちで角に絵を描くオウソー・ブラッジは、その後まもなく、すっかり消えてしまいました。まるで大地にのみこまれてしまったみたいに。」

「ふうむ！」先生は、つぶやきました。「だって、話してくれたおばあちゃんだって、この物語の時間や場所がはっきりしていないんです。ぼくらがおばあちゃんから話を聞いたように、おばあちゃんも、自分の両親やおじいちゃんおばあちゃんから聞いたにすぎないんです。でも、きっとノアの大洪水のころだと思います。おばあちゃんは、お話をふたつの時代に分けていましたから。まだ月がなかったころのお話と、月ができてからのお話と。オウソー・ブラッジの名前は、前のほうのお話にしか出てきません。」

「なるほど。」先生は、考え深そうに言いました。「では、おばあさんは、その時代の変わりめ――つまり、ひとつの時代が終わって、別の時代がはじまるときのこと――について、なにか言っていなかったかね？」

「なにも」と、チーチー。「ノアの大洪水についておばあちゃんに質問したんですが、はっきりしませんでした。洪水があったことはまちがいないんですが、それがどのようにして起きたか、またそのとき地球でなにが起きていたのか、あるいは、そのすぐあとでどうなったのかということについて、くわしいことは、ほとんどなにも今に伝わっていないようです。月ができたのも、大洪水も、どちらもものすごい大災害だったと思います――たぶん両方いっぺんに起こったのでしょう――そして、生き物は大混乱となって、記録などとっている場合ではなくなり、そのあともみんなちりぢりになってしまって、はっきりとおぼえていることもできなくなってしまったのでしょう。ただ、月が空にあらわれた最初の晩に、サルの祖先たちは人間の一団が山頂で月をあがめてひざまずいているのを見たと、おばあちゃんが話していたのをおぼえています。人間はいつも太陽をあがめていたのですが、今や、月は太陽の妻にちがいないと言って、月へ祈りをささげていたのです。」

「しかし」と、先生。「人間は、月が地球から飛んでいったものだとわかっていたのではないのかね？」

「はっきりしません」と、チーチー。「そのことをおばあちゃんに何度かたずねましたが、おばあちゃんの知っていることには、たしかに大きなぬけがあるんです。ちょうど、地球のあちらこちらから見た情報を寄せ集めて、何世代もあとのサルたちがうわさやおしゃべりでうめあわせて作った歴史みたいなものなんです。そもそも、月ができたとき、混乱はひどいものだったようです。暗闇が地球をおおい、おそろしい爆発音がつづいて、多くの命がうばわれました。それから、飛んでいって月となった地球の一部がへこんでできた穴へ海水が流れこんで、さらに災害が起き、ますます破壊がつづきました。人間も動物もほら穴へ逃げこんだり、必死になって山へのぼったり、あるいは、ただひれふして、おそろしい光景を見るまいと目をつぶっていたりしました。実際にそれを見たことのある者で生きている者はいないと、サルの歴史では語られているのですが、ぼくは、いるんじゃないかという気がしてなりません。それから、ずっとあとになって、人間の社会がふたたびもとどおりの秩序をとりもどすと、今度は、人間たちが戦争をやらかすようになったのです。」

「なんの戦争かね？」と、先生はたずねました。

「そのころには」と、チーチー。「人間の数がとても増えて、あちこちに大都市ができていました。戦争は、『月は女神か、女神でないか』という問いをめぐって起きました。むかしから太陽をあがめていた人たちは、月は太陽の妻か娘であって、それゆえ、あがめるべきだと言いました。月は地球の一部が飛んでいってできたのだと言う人たちは、太陽をあがめるのをやめてしまっていました。ああいうふうに別世界を打ちだす力が地球にあるなら、すべてを生み出す母なる大地として、地球こそあがめられるべきであって、太陽をあがめるべきではないと考えたのです。『地球が万物の中心であることがわかったが、太陽は子どもを生みだしはしない』というわけです。それから、太陽と新しい地球を神々としてあがめるべきだという人たちもいました。さらには、太陽、地球、月の三つがそろって、大三角を成す全能の力となるのだという人たちもいました。戦争はひどいもので、たがいに何千人と殺しあい、サル族はひどくおどろきました。サルにとっては、どの人間たちも、事の真相をまったくわかっていないと思えたからです。」

「いやはや。」チーチーが話し終えると、先生はつぶやきました。「最初の宗教戦争だな。人間がやらかしたたくさんの宗教戦争のはじまりだ。ざんねんなことだ！　他人がなにを信じようがどうでもよかろうに。自分が誠実で、人の役に立って、しあわせなら、それでよいのに。」

第十七章　「議会」ってなに？

〝ささやくつる草〟をさがす探検は、ぼくらの冒険のなかでも、特に成果の大きい、満足できるものとなりました。

ついに、そのつる草が生えているところへ着いてみると、そこは、なんとも美しい場所でした。ジャングルのすぐそばの岩の谷で、がけ一面につる草が分厚いカーテンのようにたれさがっていて、谷底は、わき水が出て池になっていました。たそがれどきに妖精がおどっていそうな雰囲気の場所でした。あるいは、森のけもののすみかか、無法者たちのねぐらになっていそうな感じでした。

ポリネシアがギャーギャーと鳴きながら飛びあがり、岩壁にたれさがっている巻きひげに飛びつきました。とたんに、つる草のカーテンが全体に波打つように動き、ささやくような音が、だれの耳にもはっきりと聞こえました。明らかに、つる草は、この見知らぬ鳥に飛びつかれて、いやがっているのです。ポリネシアは、少しむっとして、すぐにぼくらのところへ飛び帰ってきました。

「ちぇっ！」ポリネシアは、不機嫌になってぶつぶつ言いました。「ぞっとしないね。あのつる野郎、あたしがつかんだら、ヘビみたいに動いて、もがいたよ。」

「君にびっくりしたんだよ、ポリネシア。」先生が笑いました。「むこうだって、きっと死ぬほどこわかったんじゃないか。話ができるかどうか、やってみよう。」

　ここで先生が〝歌う木〟と話をした経験がとても役に立ちました。先生が、持ってきた小さな器具で仕事をはじめるようすを見ていると、前よりもやりかたを心得ていらっしゃるという感じでした。そして、たしかに、おどろくほどあっという間に、まるで生まれたときからつる草相手に話をしてきたかのように、気軽に会話をしていらっしゃるのでした。

　やがて、先生はぼくをふり返って、ぼくが考えていたことをおっしゃいました。

「スタビンズ君」と、先生。「この植物が私とたやすく話ができたところから察するに、どうやらこの草は前に人間と話したことがあるぞ！　見ていてごらん、ふつうの人間みたいに、口で返事をしてもわかってくれるよ。」

　先生は手にしていた小さな器具を下へおいて、歯のあいだからそっと、ささやくような音を出しました。シューという音で文を言いながらメロディーをハミングするような、奇妙な音の出しかたでした。

　いつもなら、人間のような知性を持った奇妙な月の木々と話をするには、たいてい何時間も、場合によっては何日もかかるのですが、つる草は、あっという間に、先生のささやくようなことばに反応しました。つる草たちはすぐに、葉っぱのような巻きひげをふりまわして、そよ風にあたる角度を調節しながら、ハミングするような、シューというような返事をしたのです。それは、先生が出した音にそっくりでした。

「われわれに会えてうれしいそうだよ、スタビンズ君。」先生は、肩ごしに早口で言いました。

「うわあ、先生」と、ぼく。「これは、すごいですよ！　すぐに返事をするなんて。こんなの、見たことありません。」

「前にも人間と話をしたことがあるんだ」と、先生は、くり返しました。「まちがいない。それは、返事のしかたでわかっ――おやおや、どうしたね？」

先生がふり返って見ると、チーチーが先生の左のそでを引っぱっています。こんなにこわがっているチーチーは、見たことがありません。歯をガチガチ鳴らして、ためらいながら、なにやら言おうとしているのですが、ことばになりません。

「なんだい、チーチー！」と、先生。「どうした？　なにがあった？」

「あそこ！」とだけ、ようやくチーチーは言いました。

チーチーが指さしていたのは、岩だなの下にある池のほとりでした。ぼくらは、つる草に近づこうと、岩だなをのぼってきていたのでした。チーチーが今指さしている池の黄色い砂地には、湖の岸にあったような、巨大な足あとがふたつ、くっきりとついていました。

「月の男だ！」先生が、ひそひそ声で言いました。「思ったとおりだ。このつる草たちは人間と話をしたことがあるわけだ。おそらく――」

「しっ！」ポリネシアが、口をはさみました。「こちらが見ていることを気づかれないようにして、そっと、谷の左側の上を見あげてごらんなさい。」

先生とぼくは、あたかもつる草と会話をする実験をつづけているかのように、ふるまいました。それから、ぼくは、耳をかくふりをしながら、ポリネシアが教えてくれた方角を見あげてみました。そこには鳥が何羽かいて、葉っぱのかげにかくれようとしていました。まぎれもなく鳥たちは、ぼくらを見張っていたのです。

ぼくらが自分たちの仕事にもどると、巨大な影がぼくらの上を通りすぎ、太陽の光をさえぎりました。当然ながら、なにかがおそってくるのではないか、空から危険がせまっているのではないかとおそれて、ぼくらは上を見あげました。このふしぎな世界へぼくらを連れてきてくれたあの巨大な蛾と同じ種類の蛾が、ゆっくりと空を横切って消えていきました。

ぼくらはみんな、おしだまってしまい、沈黙はまるまる三分はつづいたように思います。

「ふむ」と、先生がついに言いました。「月の動物たちが、とうとうわれわれと会うことにしたのなら、けっこうなことだ。今のが、われわれが目にした最初の月の鳥だね——そしてさっきのが、われわれが蛾とわかれて以来初めて見た月の虫だ。鳥のほうが虫よりも小さいというのは、ふしぎなものだ。しかし、まあ、むこうがその気になったら、いろいろ教えてくれるだろう。それまで、こちらには、やらなければならんことが山ほどある。スタビンズ君、ノートを持っているかね？」

「はい、先生」と、ぼくは答えました。「いつでも準備はできています。」

そこで、先生は、〝ささやくつる草〟との会話を進め、質問と回答を矢つぎ早におっしゃるものですから、ぼくは先生のことばを書きとめるのに大いそがしになりました。

それは、先ほども言ったように、月の動植物についておこなった調査のうちでも、たしかに最も成果があった調査でした。このつる草は、おしゃれユリのように人間らしいようすはしていないものの、月の生き物一般についてかなりよく知っているようなのです。先生は、前に出会った植物が話していた戦争についてたずねました——ある種の植物が、広い場所がほしくて、まわりの植物を押しのけて起こった争いについて、です。

「議会」について知ったのは、そのときのことでした。

「ああ」と、つる草たちは言いました。「ある種の植物が、自分の利益のために、ほかの植物の生活や権利のことを無視して、戦争を起こせるなんて考えないでください。とんでもない。ちがいます！　私たち月の住民は、そんなことは、ずっとむかしに、やめたんです。生き物どうしが争い、植物どうしが争い、鳥と虫が戦って、争いがたえない時代がありました。でも、もう、そんなことは、しないんです。」

「では、どうするのかね？」と、先生。「ちがう生き物たちが、同じものをほしがったときは？」

「議会で決めるんです」と、つる草たち。

「なんだって？」と、先生。「わからんね。なんの議会かね？」

「あの、つまりですね」と、つる草たち。「何百年か前に――つまり、もちろん、みんながよくおぼえているころの話ですが――」

「ちょっとまた、待ってくれたまえ。」先生は、さえぎりました。「植物や虫や鳥が、もう何百年も生きているとでも言うのかね？」

「もちろんです」と、つる草たち。「そりゃあ、年寄りも若者もいますがね。でも、ここ、月では、せいぜい二百歳ぐらいでは、植物も鳥も蛾も、まだまだひよっこです。それに、一千年前のことをおぼえている木や動物だっています。」

「まさか！」先生は、つぶやきました。「もちろん、君たちは、地球の生物よりもずっと長生きではあるが。しかし、そんなに長生きとは！　いやはや、おどろいた！——どうか、話をつづけてくれたまえ。」

「むかし、議会ができる前は、」と、つる草たちは、つづけました。「意味のない殺しあいばかりでした。大とかげの種族が月じゅうを走りまわっていた時代があったそうです。とかげは、あまりにも大きくなって、月じゅうの緑を食べつくしてしまいました。木も、しげみも、草花も、葉っぱを出したとたんに、飢えた野獣に食べられてしまって、種を残すことすらできませんでした。そこで、私たちは集まって、どうしたらいいか考えたんです。」

「えっと、失礼」と、先生。「集まるって、どういうことかね。君たち植物は、動けないだろう？」

「それはそうです」と、つる草たち。「動けません。でも、鳥とか虫とかの使いによって、相談をすることはできるんです。」

「それは、いつごろの話かね？」と、先生。「つまり、いつごろから、月の動植物は、たがいに会話ができるようになったのかね？」

「はっきりしたことはわかりません」と、つる草たち。「かなりむかし、数万年前から、なんらかの会話ができていたのは、もちろんのことです。しかし、今のようにきちんと話せていたわけではありません。進化を重ねてきたのです。今では、月のどこかでなにか重要なことが起これば、かならず数分のうちに、草花や木や虫や鳥によって、月じゅうにそのことが伝えられます。たとえば、先生たちが月の世界に到着なさってから、先生のご一行がとってきたすべての行動は、みんなに知れわたっています。」

「おやおや！」と、先生はつぶやきました。「思ってもみなかった。しかし、どうか、つづけてくれたまえ。」

「もちろん、はじめのうちは、」と、つる草たちは、つづけました。「そんなふうには、なっていませんでした。でも、議会ができてから、会話や協力はずっとスムーズになり、さらによくなってきて、今ではすっかり気持ちが通いあうようになったのです。」

第十八章　議長

つる草たちは、それから、先生に、すでに話した「議会」という制度について、さらにくわしく教えてくれました。これは、どうやら、月の動植物の委員から成る委員会、あるいは、政府のようなものでした。その主な目的は、戦争が起こらないように、月の生き物たちに規則を守らせることでした。たとえば、ある種の低木がもっとひろがりたいと思っても、そのひろがろうとする場所にすでにイグサが生えていたら、いきなりイグサを追い出してはいけなくて、まず議会に提案をしなければなりません。あるいは、ある種のちょうちょが、ある花のみつを吸いたいのに、ハチや甲虫にじゃまされたら、やはりなにか行動を起こす前に、全権をにぎる委員会での採決に訴えなければならないのです。

　これで、それまでぼくらをなやませていた多くのことに説明がつきました。

「なるほど、スタビンズ君」と、先生。「月の生物のほとんどが大きいのも、植物の知性が高いのも、そのほかいろいろなことが月では可能になっているのは、この規則が守られているためなんだね。われわれの世界は、月から多くのことを学べるよ、スタビンズ君。地球から生まれた、地球の子である月を軽んじてはいかんのだ！地球では、そうした規則はなく、生き物がきちんと守られていない。地球では、ずっと、食うか食われるかなんだ。」

先生はやれやれと頭をふって、ぼくらの母なる地球がぼんやりと光っている宇宙を見つめました。地球は、ちょうどパドルビーから日中に見えた月のようでした。

「そうだ」と、先生は、急にひどくまじめな態度になってくり返しました。「われわれの世界では、人間がずいぶん進歩しているつもりになっているが、ここにあるような知恵もなければ、先見の明もないのだよ、スタビンズ君。争い、争い、争い、いつだって争いばかりだ！——そうして、地球では、いまだに戦争がつづいている……『適者生存』なんて、とんでもないことをあたりまえのようにして！私は、動物を助けるのに一生をささげてきたことを不満に感じているわけではない。とんでもない。動物と話をして友だちになるのは、とても楽しいことだ。かりに人生をやり直せたとしても、同じことをするだろう。だが、ときどき、実にしばしば、どんなに動物たちを助けても、なんにもならないんじゃないかという気がしてしまう。生き物たちをほんとうの意味で助けてやるには、この生き物たちの議会こそが必要なんだ。みんながしあわせになるように、生き物たちが助けあうんだ。」

「ええ、先生」と、ぼく。「でも、聞いてください。ぼくらの世界とちがって、ここには、これまで見たかぎりでは、動物がぜんぜんいません。虫と鳥だけです。生きるためにシカや野生のヤギをおそわなければならないライオンもトラもいないでしょう？」

「そのとおりだ、スタビンズ君――おそらくは、そうだろう」と、先生。「しかし、大きな肉食動物と同様に、虫の世界でも同じような種と種の争いがあることを忘れてはいかんよ。人間とイエバエのあいだに現在起こっている戦争だって、今はだれもかえりみないが、大きな戦争がすっかりなくなる百万年後には、ひょっとしたら現代史において最も重要な事件として説明する科学者が出てこないともかぎらない。それに、トラは肉食をはじめる前は、どんな動物だったか、だれが言えるかね？」

ドリトル先生は、それから、つる草との会話にもどって、さらに質問を重ねました。ほとんどが議会についての質問でした。議会とは、どういうしくみなのか。だれが議員なのか。どれぐらい開かれるのか、というようなことでした。つる草の答えを聞いて、ぼくらがぼんやりと想像していた、月の生き物の全体像が見えてきました。

それを説明するには、ぼくがすごい詩人か、少なくとも偉大な作家だったらよかったのにと思います。この月の世界は、すばらしいやすらぎの国なのです。木々が歌い、花は目が見え、ちょうちょやハチはたがいに会話をするのみならず、みつを吸いにいった先の植物とも話をし、大きいものも小さいものも、強きも弱きも同様に、親のような「議会」に見守られているのです。世界全体が平和で、善意に満ちて、しあわせで……とても、ぼくのことばでは、説明しきれません。

「ひとつ、わからんことがある」と、先生はつる草に言いました。「種の管理はどうしているのかね。ある植物が種を出しすぎて、増えすぎるということはないのかね？」

「それは」と、つる草は言いました。「鳥がめんどうを見ています。植物のそれぞれについて、ある程度の量を残して、それ以外はすべて食べつくすように命じられているのです。」

「ふむ！」と、先生。「私は、議会のめいわくになるようなことをしていないといいのだがね。ここに着いたとき、実験で、少し植物を植えてみたんだ。地球から何種類かの種を持ってきたものだから、月の気候で育つのか、たしかめたくてね。しかし、今のところ、どれも芽を出しておらんようだ。」

つる草たちは、がさごそという音をたてて少しゆれましたが、それは、おかしがってくすくす笑っているようでした。

「お忘れのようですね、先生」と、つる草たち。「月では、ニュースはあっという間にひろがるんです。先生が種を植えて実験なさったのは目撃されて、すぐに議会に報告されました。先生がキャンプにおもどりになったあと、先生がお植えになった種はひとつ残らず、くちばしの長い鳥たちに、ていねいにほじくり出されて、処分されました。議会は、種に関しては、とてもきびしいんです。きびしくしなければならないんです。花でも、雑草でも、低木でも、あまりにひろがってしまったら、月の平和なバランスがくずれて、どうなってしまうかわかりません。なにしろ、議長は――」

　このとき話をしていたのは、先生の肩近くにたれさがっていた三本の大きなつる草たちでしたが、三本とも、どういうわけかとつぜん、言いかけていたことをとちゅうでやめました。まるで、言ってはいけないことをつい話してしまった人のようでした。すぐに、谷じゅうにぶらさがっているつる草ぜんぶがざわつくのが、はっきりと見てとれました。あんなにゆれたり、身をよじったり、ひねったりして興奮状態にある植物を、みなさんは見たことがないでしょう。明るい色をした鳥たちが、ギャーギャーと警戒の鳴き声を発して、葉っぱのカーテンから飛び出して、頭上へ飛びたち、岩山のむこうへ飛んでいきました。

「どうしたんですか？　なにが起こったんですか、先生？」さらにつる草のかげにかくれていたもっと多くの鳥たちが飛びたって、遠くへ消えていくのを見ながら、ぼくはたずねました。

「わからんよ、スタビンズ君」と、先生。「だれかが、よけいなことを言ったようだね。教えてくれたまえ」と、先生は、ふたたびつる草にむかってたずねました。「議長とは、だれのことかね？」

「議会の議長です。」つる草たちは、しばらくしてから答えました。

「うん、それはわかる」と、先生。「だが、それはなに、というか、だれかね？」

しばらく答えはありませんでした。そのあいだ、岩の壁にカーテンのようにたれさがっているつる草のあいだに、またしても、まごつくような、どよめきがひろがりました。明らかに、ぼくらにわからないように「気をつけろ」と言いあっているようでした。

ついに、代表して会話をしていた最初のつる草たちが、ふたたびドリトル先生に話しかけました。

「ごめんなさい」と、つる草たち。「命令を受けているのです。お話しするのを禁じられていることがあるのです。」

「だれが禁じているのかね？」先生は、たずねました。

しかし、それっきり、つる草たちはひとことも答えようとしませんでした。先生は、なんとか話をさせようといろいろやってみましたが、うまくいきませんでした。とうとうぼくらは、あきらめて、キャンプにもどるよりほかありませんでした。キャンプに着いたときには、ずいぶんおそくなっていました。

「どうやら」と、ポリネシアは、先生とチーチーとぼくが肉や魚なしの夕食を準備しはじめたときに言いました。「今日の午後は、月の連中をこまらせちまったようだね。まったくもって、こんなとこ、見たことないよ！——あたしゃ、いろんな国を見てきたけどね。きっと、今ごろ、月じゅうのマルハナバチやら雑草やらが、〃ささやくつる草〃が口をすべらして議長のことを言っちまったってうわさをしているよ。議長ときたもんだ！　ばかばかしい！　なにさまだってんだい！　なんだって、こんなに、なぞめかしているんだろうね？」

「たぶん今にわかるよ」と、先生は大きなメロンのようなくだものを切りながら言いました。「もはやわれわれをこわがらなくてもよいと、気がついてくれたのではないかな。そうだといいんだが。」

「ほんとですよ」と、チーチー。「正直言って、この秘密めいたやりかたには、もう、うんざりです。パドルビーへ帰れることをはっきりさせてもらって安心したいです。ともかく、もう、冒険はこりごりです。」

「まあ、心配せんでもよろしい」と、先生。「だいじょうぶ、めんどうを見てもらえるさ。われわれをここまで連れてきた連中がだれであれ、悪いようにはせんだろう。私がむこうのねがいをかなえてやれば、地球へ帰る手はずをととのえてくれるさ。心配することはない。」

「ふん！」ぼくらの頭上で、大きな枝についている木の実を割りながら、ポリネシアは、うなりました。「そうだといいんですけどね。あたしゃ、どうかと思いますよ。そんなにうまくいくか、わかったもんじゃありませんよ。」

第十九章　月の男

その夜は、月に来てから、いちばん眠れない夜になりました。だれひとりとして、ぐっすり眠れず、何度も目がさめてしまったのです。ひとつには、ぼくらが、けたはずれないきおいで大きくなっていたため、わずかな寝具（気候がよかったので毛布をかけないで、下にしいて寝ていました）も、ちんちくりんになって、役に立たなくなってしまったからです。ひざも、ひじも横にはみだして、かたい地面にあたってひどく痛い思いをしました。でも、寝心地が悪かっただけではありません。ふたたび夜じゅう、なぞめいた音がしていて、なにかがいると気になってしかたなかったのです。ぼくらはみんな、不安でたまりませんでした。ぼくが一度起きたとき、先生もチーチーもポリネシアも、みんな同時に寝言を言っているのが聞こえました。

とうとう夜明けになって、ぼくらはぜんぜん休まらないまま、うつろな目をして寝床からはい出して、だまって朝食のしたくにかかりました。キャンプ慣れしているポリネシアが、最初に気をとり直して、キャンプ周辺を調べに出かけましたが、かなり深刻な表情を顔に浮かべて帰ってきました。

「さあて」と、ポリネシアは言いました。「あたしらが寝ているあいだに、寝床のまわりをめちゃくちゃにしなかったやつがこの月にいるとしたら、そいつがだれだか知りたいもんだね。」

「なぜだね？」と、先生がたずねました。「なにかあったのかい？」

「見にきてください」と、オウムは言って、ぼくらの寝床や荷物を取り囲む広い場所へ案内しました。

　ぼくらは、キャンプのまわりに足あとを見つけるのには慣れっこになっていましたが、ポリネシアが見せてくれたのは、たしかに異常でした。キャンプのまわり百メートル以上にわたって、砂地になっているところも、泥になっているところも、どこもかしこも足あとだらけだったのです。見たこともない虫の足あと、巨大な鳥の足あと、そして、一番はっきりしていたのは、前にも見たことがあるあの巨人の無数の足あとでした。

「かまうものかね！」先生は、いらいらして言いました。「とにかく、われわれに悪さをしているわけじゃないんだ。われわれが眠っているのを見にきたからといって、どうというのだ？　どうだっていいことだ、ポリネシア。朝ごはんにしよう。ちょっと足あとが増えたからって、どうってことはない。」

ぼくらはすわって、食事をはじめました。

月の動物たちはそのうちぼくらに連絡してくるというドリトル先生の予言は、おどろいたことに、ふいに実現しました。ぼくは、はちみつをぬったヤムイモを口に運ぼうとしていたとき、自分の上に巨大な影がおおいかぶさってきたのに気がつきました。見あげると、そこにはぼくらをパドルビーから連れてきてくれた巨大蛾がいました。ぼくは、自分の目が信じられませんでした。蛾は、その巨大な羽を優雅にひとふりすると、ぼくのとなりに——ネズミのとなりにやってきた軍艦みたいに——着地しました。そうやってぴったり正確な地点に着地するのは、いつもやっていることであるかのようでした。

「蛾がやってきた」なんて言いあうひまもなく、同じ種類の蛾がもう二、三匹、どこからともなくあらわれて、ぼくらのまわりで、その巨大な羽でほこりをまきあげながら、仲間の蛾のとなりに着地しました。

それから、さまざまな鳥があらわれました。つる草のところで見た鳥たちもいましたが、見たこともないものもたくさんいました。巨大なコウノトリ、ガチョウ、白鳥などです。そのうち半分ぐらいは、地球の同じ種類の鳥よりあまり大きくないように見えました。しかし、もう半分は、信じられないほど大きく、ちょっとちがった色合いや形をしていました。それでも、それがなんの鳥かは、だいたいわかるのです。

ぼくらのだれかかれかが、なにか言おうとして口を開くたびに、新たに、もっとふしぎな鳥が次々にやってきて集まりにくわわるので、なにも言えずに口はとじられました。今度はハチが、どんどんやってきました。ぼくはそのとき、地球でもさまざまなハチを——特に研究したわけではないにしろ——見てきたことを思い出しました。それが、ここでは、夢から飛び出してきたかのような大きなこわい怪物みたいに巨大化して、群れをなしてやってきます。大きな黒いマルハナバチ、小さめの黄色いマルハナバチ、よくいるミツバチ、明るい緑色の、飛ぶのが速い、ほっそりしたハチ。いっしょに、そのいとこや親戚《しんせき》もやってきました。ただし、どの種類も、せいぜい二、三匹しかいなかったようです。

かわいそうなチーチーが、ほんとに腰をぬかして、こわがっているのがわかりました。当然です！　こんなに大きな虫たちが、だまってまわりにむらがってくるなんて、どんなに強い心の持ち主でも、ぞぞっとしてしまいます。けれども、ぼくにとっては、さほどおそろしくはありませんでした。たぶんぼくは、大いに興味をいだいている先生を見習って、おどろくこともしなかったのだと思います。それに、この鳥や虫たちの態度には敵意がありませんでした。まじめで、秩序正しく、決められた計画どおりに集まっているように思えました。きっとすぐに、すべての説明がつくような、なにかが起こるにちがいないと、ぼくは感じていました。

はたして、数分後、ぼくらのキャンプのまわりの地面に、巨大昆虫と鳥たちが文字どおりぎっしりならんだとき、ドシンという足音が聞こえました。ふつう、野外では足音はあまり聞こえないものですが、忘れてならないのは、どんな音でも月では地球よりもずっと速く伝わるということです。それにしても、この足音は、かなり奇妙でした。事実、地震であるかのように、ぼくらの立っている大地をゆるがしたにもかかわらず、どういうわけか、それが足音であるとわかったのです。

チーチーは、先生のところへかけていって、先生の上着の下にかくれました。ポリネシアは木の枝にじっととまったまま、かなりいらいらしながらも明らかに興味を持っているようすでした。ぼくは、ポリネシアがにらんでいる方角を目で追いました。ポリネシアのかんは、いつだってたよりになるからです。その目が見つめているのは、ぼくらがキャンプをした空き地を取り囲んでいる森でした。そのビーズのような小さな目で、左のほうの、地平線となっている森がＶ字形に切れこんでいるところを、じっと見つめているのです。

こうした大事のとき、おかしなことに、いつもぼくはポリネシアに目をむけてしまいます。先生のそばからはなれず、先生の指示にすぐ応じられるように身がまえてはいるのですが、このようにとんでもない、わけのわからないことが起きると、特に動物に関するときは、ポリネシアがどんなようすをしているか見ていたいという気持ちになるのです。

さて、ポリネシアは、首を一方にかしげ――オウム特有の恰好《かっこう》です――壁のようにつづく森の切れめを見あげていました。なにかぶつぶつ言っていますが、いらいらと低い声なので、なにをつぶやいているのかわかりません。たぶん、ののしるときに好んで使うスウェーデン語なのでしょう。やがて、ポリネシアといっしょに森を見つめていると、森の木がゆれた気がしました。そして、森の切れめから、なにか巨大でまるいものが、あらわれました。

もう夕暮れになっていました。生き物たちが集まるのにまる一日かかったのだと、ぼくらはふと気がつきました。あっけにとられてながめているうちに、食事をとるのも忘れていたのです。そのときぼくらが見たものは、とても信じられないものでした。びっくりした先生が急に腰を浮かせたので、かわいそうなチーチーは地面に転がり落ちてしまいました。

森のこずえの上にあらわれた巨大でまるいものは、こちらへやってくるにつれて、ますます大きく高くなっていきます。ゆったりと左右にゆれ、それに合わせて――ネコが通るとなびく草のように――森もゆれました。

もう今にも、先生がなにか言いだしそうでした。近づいてくるその生き物は――それがなんであれ、だれであれ――あまりにも巨大であるために、ぼくらが月で出会ったどんなものも、それとくらべたら、ちっぽけなつまらないものになってしまいそうです。

　ポリネシアは、枝にとまって身じろぎもしないまま、なにやら早口でぶつぶつまくしたてていましたが、しめった夜の爆竹のように、プシュプシュと音をたてていました。

　やがて、大地をゆるがす足音のほかに、別の音も聞こえてきました。人間が小枝をふむときのように、巨大な木々がふみつけられ、はじけて折れていたのです。いやな感じの恐怖が、ついに、ぼくの心もわしづかみにしました。かわいそうなチーチーがおくびょう風に吹かれたのもむりはありません。ところが、奇妙なことに、この月の経験で一番おそろしかったこの瞬間、チーチーは、かくれようとしませんでした。先生のそばで、森の上にそびえる巨大な影を見つめて、たましいをうばわれたかのように立ちつくしていたのです。

　ドシン、ドシンと歩きながら、それはどんどん近づいてきます。やがて、その形が、はっきりとしてきました。森をすっかりふみつぶしています。集まって待っていた虫や鳥たちは、道をあけました。ふと気づけば、それはすぐ近くまで来て、ぼくらの上にそびえているではありませんか。長い両腕を、だらりと横にたらしています。

　それは人間でした。

ついに、月の男を見たのです！

「まったく、なんてこったろうね！」ポリネシアが、緊張した沈黙をやぶって、がなりたてました。「あんた、ここじゃ、すごくえらい人かもしれないけどさ。それにしたって！　あたしらのところへやってくるのに、ひどく時間がかかったじゃないのさ！」

どう考えても、それは厳粛な出会いの瞬間だったのですが、ポリネシアが、いらいらとした文句をつるつるとまくしたてるものですから、ぼくは思わずふき出してしまいました。そして、いったんクスクス笑いだすと、たとえ宝の山をくれると言われても、まじめな顔をしていられなくなりました。

夕闇が、この奇妙な出会いの場をおおっていました。ぼくらのまわりにいる蛾や鳥たちの目には、星の光が不気味に映っていました。ちょうどネコの目にランプの炎が反射するような感じです。ぼくが、ばか笑いをこらえようとがんばっているとき、ドリトル先生がぼくらに会いにきた巨人にあいさつしようと立ちあがりました。先生は、月の男とくらべると、お話にならないほど小さく見えました。

「お会いできてうれしく思います。待ちかねておりました」と、先生は、堂々とした上品な英語で言いました。その上品さに対してかえってきたのは、理解ができないことを示す、へんてこな、うなり声でした。

そこで、月の男には英語がわからないことがはっきりしましたので、ドリトル先生は、相手に通じることばをさがそうと、いろいろ試しはじめました。先生ほど、さまざまな言語を自由にあやつれる人は、いまだかつていなかったでしょうし、これからもいないと思います。今日地球上で使われている人間のことばをひとつひとつ試したのみならず、むかしから伝わることばも試しました。そのどれも、月の男には、なんの効果もありませんでした。しかし、動物のことばに切りかえると、少しよい結果が得られました。ちらほらとわかるところがあるようなのです。

ところが、月の男がとうとう目がさめたように興味を示したのは、先生が月の虫と植物のことばを試したときでした。チーチーとポリネシアとぼくがじっと見つめるなか、ふたりは、共通のことばをさがそうとがんばりつづけました。刻一刻と時間がすぎ、やがて何時間もたったあげく、ついに先生がうしろ手でぼくに合図をなさったので、今やすっかり準備ができたのだとわかりました。ぼくは、ノートとえんぴつを地面からとりあげました。

書きとりをしようとしてページをめくったとき、チーチーがへんてこなさけび声をあげました。

「見て！　右の手首が！　ほら！」

夕闇のなかで目をこらすと……そう、巨人の手首のまわりになにかがあるのです。きつく、肉に、くいこんでいます。先生は、それにそっとふれました。でも、なにか

おっしゃる前に、またチーチーが声をあげました。チーチーのことばは、みょうな、しわがれた、するどいささやきとなって、静けさをやぶりました。

「青い石のビーズだ！　ほら、あれだよ……体が大きくなっちゃったから、手に合わないんだ。画家のオウソー・ブラッジだ。あれは妖精《ようせい》の先祖のピッピティーパからもらったブレスレットだ！　先生、この人は、まだ月がなかったころに地球から飛ばされてきたオウソー・ブラッジですよ！」

第二十章　先生と巨人

「よしよし、チーチー、よしよし」と、先生は急いで言いました。「ちょっと待ちたまえ。今にわかるから。そう興奮するんじゃない。」

相手を落ち着かせようとするそのことばとは裏腹に、先生自身が、すっかり興奮しきっていることが、ぼくにはわかりました。それも、むりはありません。毎日毎日とんでもないことばかり起きるこの不気味な世界にやってきてからというもの、ぼくらは、あちこちにこのふしぎな人間の足あとを見たり、その存在を感じたりしながら、いったいいつになったら当の本人に会えるのだろうと何週間ものあいだ、ずっと思いつづけていたのですから。その巨人が、ようやくあらわれたのです。

天をついてそびえ立つ巨大なすがたを、ぼくは、じっと見あげました。その片足で、ぼくらなど、ゴキブリみたいに、いっぺんにふみつぶすこともできたことでしょう。ただし、巨人にしても、まわりに集まっている生き物たちにしても、ぼくらに敵意を持っているようには思えませんでした。ぼくらが小さいことに、とまどっているところはあったかもしれませんが。ドリトル先生は、と言えば、チーチーがさわいだので少しあわてていましたが、もちろんこわがってはいませんでした。先生は、さっそく、このふしぎなお客さまと話を交わそうとしていたのです。そして、こうした実験ではいつもそうですが、相手のほうも話をしようとしてくれていました。

巨人は、あまりきちんとした服を着ていませんでした。森で見つけたやわらかい木の皮と葉で作った、ぼくらの服と似たような、わきの下からふくらはぎまでの服を着ていました。髪の毛は長くて、ぼさぼさで、肩のあたりまでのびていました。先生がならんで立つと、巨人のくるぶしぐらいまでしか背が届きません。これでは話もできないとわかったのか、巨人が手をふると、ぼくらのすぐ近くにいた虫たちがさっと立ちあがって、はって遠ざかっていきました。こうしてあいた場所に、巨人は、地球からのお客さまと話をするために、すわりこみました。

このおとぎ話か悪夢から出てきたような巨人が、それだけでもうこわくなくなったのですから、ふしぎなものです。巨人は、ものすごく大きな手をさしのべると、その手にのった先生を、まるで人形のように持ちあげて、自分のはだかのひざの上に乗せました。そこは、少なくともぼくの頭より九メートルは高いところでしたが、そこから先生は、さらに巨人の体をよじのぼっていって、ついに肩の上に乗りました。

ここまであがれば、下にいたときよりもずっと話がしやすくなります。つま先で立てば、巨人の耳にちょうど届きました。やがて、先生はふたたび、ひざまで下りてきて、ぼくに声をかけました。

「スタビンズ君――おーい、スタビンズ君！　ノートの用意はいいかね？」

「はい、先生。ポケットに入っています。書きとりをしましょうか？」

「たのむよ」と、先生はさけび返しました。まるで高いビルの上から大声で指示している工事現場の親方みたいです。「書いてくれ。まだ会話はできないが、前書きを書いておいてほしいんだ。用意はいいかね？」

実のところ、先生は、熱心になるあまり、会話がすぐにできると思いこんでいたのですが、それはまちがっていました。まるまる一時間というもの、ぼくはえんぴつをかまえたまま待って立ちつくしていましたが、書きとることばは伝えられませんでした。とうとう先生は、ぼくに声をかけて、「きちんと会話ができるまで、書きとりは延期だ」とおっしゃいました。

「ふん！」と、ポリネシアがうなりました。「なんだって先生は、あんなのにかまっていらっしゃるんだろうね。こんなかわいげのない、でくのぼう、見たことないよ。毛虫ほどの知恵もなさそうじゃないか。よりにもよってこの頭の悪そうな、図体《ずうたい》ばかりぶくぶくふくれちまったやつが、先生の――医学博士ジョン・ドリトル先生ともあろうおかたの――貴重な時間をむだにして、あたしたちまでぶらぶら待たせて、ひかえさせておくなんてさ！　しかも、自分から呼びつけといたあげくにだよ！　ちょいと文句を言わずには、いられないじゃないか！」

「だけど、すごいよ！」チーチーは、夕闇のなかにそびえる巨人のすがたをじっと見つめながら、つぶやきました。「どれぐらい年寄りか考えてもみて！　あの人は、月が地球からわかれた、何千年も前、ひょっとすると何百万年も前から生きてるんだよ！　うわあ、すごい年だぁ！」

「そうさね。それだけ年くってりゃ、もっと分別があってもよさそうなもんじゃないか」と、ポリネシアは、ぴしゃりと言いました。「とにかく礼儀ってもんを知っていてほしいね。自分がばかでかくて、ぶくぶく太りすぎたからって、お客をこんなふうに無礼にあつかっていいって法はないんだよ。」

「ああ、でも、ねえ、ポリネシア」と、ぼく。「この人は、何世紀も何世紀ものあいだ、人類からひきはなされてしまった人間なんだってことを忘れちゃいけないよ。それに、当時は石器時代だから、地球でこの人が知っていた文明なんてたいしたもんじゃなかっただろうし。かなり原始的な世界だったにちがいないよ。むしろ、ぼくがすごいと思うのは、そんなに数え切れないほど長いあいだ、ずっとほかの人間とふれあうこともなしに、よく人の心を持ちつづけてこられたってことだよ。先生が話をしようとして苦労なさっているのも、しかたのないことさ。」

「へえ、こりゃまあ、トミー・スタビンズ君」と、ポリネシア。「ずいぶんと科学的で、ごりっぱな議論のようじゃございませんか。それでも、このうどの大木が、あたしらをここに呼んだってこたぁ、否定のしようはないんだよ。だったら、あたしらをちゃんと歓迎して、もてなすってのが、筋ってもんじゃありませんか。『いらっしゃいませ』もなし、ご案内もなし、なんにも教えてくれずに、食いものすら勝手にさがせってのは、ずいぶんひどいもてなしぶりだって言いたいね。」

「君は忘れているようだけれど、ポリネシア」と、ぼくは、おだやかに言いました。

「ぼくらは小さいけれど、先生がおっしゃったように、巨人とその仲間たちにしてみれば、ずいぶんおそろしく見えたかもしれないんだよ。ちょうど、ぼくらが、巨人たちをおそろしく思ったようにね。それでも、こうやって会いにきてくれたんだ。巨人が足をひきずっているのに気がついたかい？」

「まあね」と、ポリネシアは、頭をつんとしながら言いました。「左足をひきずって、歩きかたがおかしいね。ふん！　どうせリウマチにでもかかったか、足にとげでもささったんだろうよ。それで先生を呼びつけたにちがいないんだ。それにしても、わからないのは、ドリトル先生のことをどうやって聞きつけたかってことだね。いくら有名だからって言っても、月と地球じゃ、なんの行き来もないからね。」

先生が巨人と話そうとしているようすは、見ていてなかなかおもしろいものでした。

ふたりが最終的にどのことばで会話できるようになったのか、見当もつきません。このふしぎな人は、人間の仲間からはなれていた長いあいだに、どれほど自分の母国語を忘れずにいたのでしょう？

実のところ、その夜、ぼくには、なにもわかりませんでした。先生は、いつものように時がたつのを忘れ、すっかり夢中になって実験をつづけるばかりです。チーチーが眠そうにうつらうつらするのを見ているうちに、ぼくも、うとうとと眠ってしまいました。

目がさめてみると、明るくなっていました。先生はまだ巨人相手に、理解しよう、理解してもらおうと、がんばっていましたが、うまくいっているらしく、先生がわくわくしていらっしゃるのが、すぐにわかりました。ぼくが「朝ごはんの時間です」と、先生に呼びかけると、先生は、ぼくにうなずいてから、どうやら巨人に「いっしょに食事をとらないか」と、さそっているようすなのです。ぼくは、先生がなんでこんなにかんたんに大きな友だちに気持ちを伝えられたんだろうと、びっくりして、うれしくなりました。というのも、巨人はすぐに、テーブルクロスの代わりにしいてある防水布の前にすわったのです。そして、ならべられた食べ物をチェックするような目で見つめました。ぼくらが、いつも食べている黄色のヤムイモをさしだすと、巨人は大きく首をふりました。それから、身ぶりやうなり声で、先生になにやら説明しました。

「こう言っているんだよ、スタビンズ君」と、先生はすぐに通訳してくださいました。「この黄色いヤムイモは体が大きくなる一番の原因なのだ、と。この月の世界にあるどんなものを食べても、大きくなる傾向があるようだが、この食べ物が一番いけないそうだ。自分と同じぐらい大きくなりたくないなら、食べないほうがいいと言っている。この人は、ずいぶん長いあいだ、もとの大きさにもどろうとがんばっているそうだ。」

「メロンをすすめてみてくださいな、先生」と、チーチー。

　メロンをすすめてみると、よろこんで受けとってくれました。しばらくのあいだ、みんな静かに食べました。やがて、ぼくはたずねました。

「この人のことばの研究は、うまくいっているのですか、先生？」

「まあまあだな」と、先生は不満そうに言いました。「それが、ひどくみょうでね。はじめ、人間のことばのような、声を使うことばだろうと思って、その線で何時間も試してみた。ところが、ひき出せたのは、どうにもぼんやりとした遠いむかしの記憶だけなんだ。地球のなんらかのことばとつながりが見つかるかと思っていたのだが、だめだった。最後に、虫と植物のことばを試してみると、これはどちらも、方言にいたるまで完璧《かんぺき》に話せるとわかった。結果からすれば、この実験には、とても満足しているよ。今はもう使われなくなった地球のむかしのことばとのつながりは見つからなかったにしても、虫と植物のことばをちゃんとわかっているのだから、それで大いに役に立つからね。」

「なぜ先生をここへ呼んだのかということについて、なにか言ってましたか？」と、ポリネシアがたずねました。

「まだだ」と、先生。「まだはじめたばかりだからね。そのうちわかるよ、ポリネシア、そのうちにね。」

第二十一章　いかにしてオウソー・ブラッジは月へきたのか

　ぼくらが月の巨人やその仲間たちをこわがったように、月の巨人は（たとえ体が大きくても）ぼくらのことをこわがっていたのかもしれないという、先生がポリネシアに言ったことは、そのとおりだったことがわかりました。朝ごはんが終わって、ぼくがいつもの書きとり用のノートを取り出して、先生の聞きとりを書き写すうちに、この巨人――おそれられている議会の議長――は、だれよりもやさしい人であることがわかってきたのです。巨人はぼくらを体じゅうによじのぼらせて、ぼくらが巨人のことをおもしろがるのをとてもうれしそうにしていました。先生は最初から巨人を友だちと思っていらしたので、そんなことにはおどろきませんでしたが、今にも取って食われるのではないかとおびえていたチーチーとぼくにとって、ひかえめに言っても、これはすごくほっとすることでした。月の巨人と先生の最初の会話をくわしく書き記すのはやめておきましょう。とても長いし、言語や博物学のこまごましたことにかかわるので、一般の読者にはあまりおもしろくなさそうだからです。でも、ところどころ、やりとりされた考えがはっきりするように、ことばどおりに書き記してもよいでしょう。なにしろ、とても重要なやりとりだったわけですから。

先生は、まず、チーチーがぼくらに話してくれた、チーチーのおばあさんから伝えられた歴史について質問しました。そのことについて巨人の記憶はかなりぼんやりしているようでした。でも、サルの歴史のあれやこれやに心あたりがあったようで、先生の言うことに同意したり、きっぱりと自信を持って訂正したりして、反応してくれることもありました。

ここで、巨人の顔について少し述べておいたほうがいいでしょう。月の青白い朝日を浴びると、それなりにかしこそうな顔をしているのですが、思ったほど年寄りには見えません。あの顔を説明するのは、むずかしいです。野ばんなところがあるわけではないのですが、地球で見られるような平均的な人間の顔とも、どこかはっきりちがいました。非常に長いあいだ、人間と会わずにひとりぼっちでいたせいなのでしょう。動物のような顔になっているのはたしかなのですが、残忍さを感じさせるところはまったくありません。もし自分の能力のすべてを人助けや慈善事業にささげるような親切な動物がいたとしたら、その顔がおそらく、この巨人の顔に一番近いのではないかという気がします。その朝初めていっしょに朝ごはんを食べながら、ぼくがはっきりと見た顔は、そんな顔でした。

虫と植物のふしぎなことばを使いながら、ドリトル先生は大きなお客さまに、どんどん質問を浴びせました。「そうですね、たぶん私が先史時代の画家オウソー・ブラッジなのでしょう」と、巨人は認めました。「このブレスレットですか？――そう、これは、だれかが……でも、よくおぼえていません……だれかって、だれかな？……まあ、とにかく、自分が身につける前は、女の人がつけていたことだけはおぼえています。どうだっていいじゃありませんか？　ずっとむかしのことです。ひどくむかしです。ほかに質問はありますか？」

ぼく自身がたずねてみたい質問がありました。その前の晩、チーチーといっしょに巨人の大きな体の上を歩きまわったとき、巨人のベルトからまるい板のようなものがぶらさがっているのを見つけたのです。そのときは夕闇のなかで、それがよく見えませんでした。でも今朝は、よく見えます。弓矢を手にして、ひざまずいている少女の、とてもすてきな絵が、トナカイの角でできた板にほられているのです。ぼくは先生に、「そのことについて質問しないのですか」と聞いてみました。もちろん、チーチーのお話から、それがなにかは見当がついているわけですが、それがきっかけとなって、先生にとって重要な意味を持つ過去のできごとを思い出してくれるかもしれないと思ったのです。「うまくたのめば、絵をぼくらにくれるか、あるいはなにかと交換してくれるかもしれませんよ」とさえ、先生に耳打ちしました。ぼくだって、博物館で古代のものが展示されていることは知っていますから、その絵がものすごく価値のあるものだと、わかったのです。

先生は、その絵について巨人にたずねました。巨人は、ベルトから細い木の皮のひもでぶらさがっている板を持ちあげると、しばらくながめていました。一瞬、なにかを思い出したかのように、目がかがやきました。それから、見ていられないほど不器用な手つきで、板を胸に押しあてると、ぼうっとした奇妙な表情にまたもどってしまいました。先生とぼくは、よけいな質問をしてしまったと思って、そのことにはもうふれませんでした。

先生が事態をしっかりととらえて、この巨人を、あたかもラベルをつけて博物館で展示すべき新種の生き物であるかのように、すみからすみまで大急ぎで調べあげるようすは、思い返してみるとなかなかおもしろいものだったのですが、そのときはもちろんおもしろがっている場合ではありませんでした。先生は、相手の気分を害するようなことは一切なしに、じょうずに調べあげました。

「なるほど」と、先生。「あなたは、月ができたときに、地球から吹き飛ばされた画家オウソー・ブラッジだということがわかりました。しかし、例の議会というのは、なんですか？　あなたがその議長で、議会をとりしきっている。そうですね？」

巨人は、大きな頭をぐるりとまわして、そのときちょうど二の腕に立っていた先生のちっぽけなすがたをしばらく見つめていました。

「議会ですって？」巨人は、夢見るように言いました。「ああ、そう、議会ですね…………えっと、あれは必要だったんですよ。むかし、戦争ばかり起こっていたときがありましてね。いつだって戦争、戦争です。勢力がつりあうようにしてやらなければ、ひどいことになるとわかりました。種が多すぎるとか、植物があたりかまわずひろがるとか、鳥が卵を産みすぎるとか、ハチがあまりにもむらがりすぎるといったことです。ひどいもんでした！　地球でもそういうことがあったのではないですか？」

「ええ、そのとおりです」と、先生。「つづけてください。」

「いやまあ、それだけのことです。議会によって、二度と戦争が起こらないようにしただけです。」

「ふうむ！」先生はうなりました。「だが、教えてください。あなたはどうしてそんなに長生きしているのですか？　月が地球からわかれてできたなんて、いったい何年前のことか、だれも知りはしない。あなたの年は、地球の人間の寿命とくらべると、おどろくべきことになりますね。」

「それはもちろん」と、巨人。「どうやってここへやってきたかということは、自分でもすっかり説明はできないのです。でも、どうでもいいじゃありませんか？　私はこうやって生きているんですから。その当時の記憶は、ひどくぼんやりしています。

そうですねえ、気がついたとき、すごく息苦しかったことは、おぼえています。空気がちがっていましたし、なにもかも、ちがっていました。でも、私は、どうあっても生きのびようと強く思いました。それで助かったのだと思います。なんとしても生きのびようと心に決めていたのです。ぐるぐるうず巻いていた土くれは、やがて、なにひとつ生えていない、ごつごつした月となりました。けれども、地球からいっしょに飛んできた木や草花の一部がありましたから、私は、とりあえず木の根っこや、あらゆるものを食べて生きのびました。もう死ぬしかないと何度も思ったのですが、死にませんでした。絶対生きのびると心に決めていたからです。そして、結局生きのびました。しばらくして、植物が生えてきて、植物といっしょにやってきた虫も増えてきました。鳥も増えました。鳥たちも、私同様、生きのびようと心に決めていたのです。新世界の誕生です。何年かすると、私は、自分がこの世界のかじとりをして導かなければならないと気づきました。私は――少なくともそのときは――ほかの生き物よりも知能が進んでいたからです。私は、種族と種族のあいだの争いがどんな結果をもたらすかわかっていましたから、議会を作りました。それ以来――ああ、どれほど前のことでしょう！――植物と動物は……ごらんのように、なかよくなったのです。それだけです。単純なことです。」

「なるほど、なるほど」と、先生は、急いであいづちを打ちました。「よくわかります。必要だったから議会を作ったわけですね。そして、私に言わせれば、それはとてもすばらしいことです。そのことは、またあとで話しましょう。どうにもわからないのは、あなたがどうやって私のことを聞きつけたのかということです。月と地球のあいだには行き来がないのですからね。月の蛾がパドルビーにやってきて、私に月へ来てくれと言ったわけですが、あの蛾をよこしたのは、あなたですね？」

「あの蛾を送ったのは、私と議会です。」巨人は、訂正しました。「先生の評判が月の私たちまでどうやって届いたかについてですが、たしかにおっしゃるとおり、月と地球のあいだの行き来はほとんどないのですけれども、長い時間のうちに、ごくたまには、あるのです。地球でなにか変動が起きて、細かなものがとても高く吹きあげられ、地球の引力の範囲をこえて、月の引力の影響下まで来ることがあります。そうすると、それは月へ引き寄せられて、月のものとなります。何世紀も前に、地球で巨大な竜巻かなにかの災害があって、低木や石などが非常に高く吹きあげられて、すっかり地球からはなれて、ついに月までやってきたことがありました。ひどくめいわくな話です。低木は、月に着いたとたん、まるで野火みたいにあっという間にひろがってしまい、そのいきおいをおさえるのは、ひと苦労でした。」

「それは、とてもおもしろい。」先生は、通訳しながら、ぼくのほうをちらりとごらんになって、ちゃんとノートをとっているか確認なさいました。「だが、どうか、あなたが最初に私のことを聞きつけて、私を呼ぼうと思ったときのことを話してくれませんか。」

「それは、」と、巨人。「たしか、火山が噴火したときのことだったと思います。地球で、何年も静かにおとなしくしていた大きな山が、とつぜん、山頂を吹きとばしたのでしょう。ものすごくはげしい爆発で、何トンもの土やら木やらいろんなものが、宇宙へ吹きとばされました。月のほうへ飛ばされた物質のいくらかは、やがて月の引力の影響下へ入り、月へ引き寄せられました。そして、もちろんご存じでしょうが、土や植物が吹きとばされると、たいてい、なんらかの動物がそれにくっついてくるものです。この場合は、山の湖の岸に巣をかけている最中だったカワセミという鳥がいっしょに運ばれました。月まで飛んできた土はたいてい月の表面でペシャッとつぶれるので、そのなかの動物は――ほとんど虫ですが――死んでしまいます。ところが、カワセミが入っていた土は、月の湖に落ちたのです。」

　これはおどろくべき物語でしたが、ほんとうのことだと思います。そうでなければ、どうして先生の評判が月まで届くなんてことがあるでしょう？　土のかたまりは水面下十五メートルくらいまでもぐりこんだので、水鳥でなければ、きっとおぼれ死んでいたことでしょうが、カワセミはあっという間にあがってきて、岸のほうへ飛びさったそうです。生きていたのは奇跡でした。カワセミは、〝死の空間〟を驚異的なスピードで通過したので、ぼくらが使った呼吸装置もなしに、窒息することもなく助かったのだと思います。

第二十二章　月の連中がドリトル先生の評判を聞きつけた話

巨人が言っていた鳥のカワセミは、議会のメンバーにえらばれていたらしく、すぐに呼び出され、先生に紹介されました。カワセミは、自分が月にやってきたときの話をし、自分がどうやって月の世界になじんできたかといったことについて貴重な情報をくれました。

カワセミは、ジョン・ドリトル先生のことを月のみんなに教えたのは自分であると認めました。先生が病気を治すすばらしい腕前を持っていて、鳥やけものや魚たちのあいだでどんなに評判の人かということを語って聞かせたのです。

ぼくらのまわりに集まっている面々が、まさに議会のメンバー全員にほかならないということを知ったのも、カワセミに紹介されたときでした。もちろん、動けない植物は出席していませんでしたが、代理の虫や鳥が出席して、植物の利益がきちんと守られるように気をつけていました。

この日は、月の住民にとって、ほんとにたいへんな日でした。カワセミの話が終わると、あちこちで、てんでに議論がくりひろげられているのがわかりました。まるでさわがしい政治集会のようでした。とうとう先生が大きな声で、自分が呼ばれたわけを教えてほしいと巨人に求めたので、議論はやみました。ある程度静かになったところで、先生は言いました。

「結局のところ、私はとてもいそがしい人間だということを理解してくれなくてはこまるのです。ここへ呼ばれたのは栄誉なことだと思っていますが、あとにしてきた地球には、やらなければならないことがたくさんあるのです。あなたは、なにか特別な理由があって、私をここに呼んだのでしょうね？　それがなにか教えてくれませんか？」

ざわついていた集まりに静けさがひろがりました。奇妙な鳥や虫たちは、みんな、しゃがみこんでじっと耳をかたむけていました。先生は、みんなの注目を集めただけでなく、どうやらむずかしい問題にふれたようです。巨人まで、少し落ち着きをなくしていました。

「それが、」と、巨人はとうとう言いました。「ほんとのところは、よいお医者さんがどうしても必要だったのです。私自身、足がひどく痛くて、ずっと苦しんでいるのです。それから、大きな虫たちの多くは――特にバッタは――かなり長いこと具合が悪いのです。カワセミの話を聞いて、私たちを助けてくれるのは先生しかいないと思いました。こんなにもみんな、先生に診てもらいたがっているのですから、先生をこちらへお呼びしても、きっと——そのう——いやがられはしないだろうと思ったのです。どうぞおっしゃってください。先生におすがりして、ごめいわくではなかったでしょうか？　月には、だれも助けてくれる人がいないのです。ですから、特別議会を開いて、だれかをつかわして、先生をお連れしようと決めたのです。」

先生は、なんの返事もなさいませんでした。

「わかってください」と、巨人はつづけました。その声は小さくなって、もうしわけなさそうな調子になりました。「私たちが送った蛾は命がけでした。大型の鳥や、蛾やちょうちょといったいろいろな虫のあいだで、くじ引きをしましてね。大型の生き物でないと、だめだということになりまして。長旅には、ものすごい体力が必要ですから……」

巨人は大きな両手をひろげて、訴えました。もともといた地球の世界を思わせるような身ぶりでした。先生は、巨人を安心させようとして、急いで言いました。

「それは、もちろん。もちろんです」と、先生。「私は——われわれは、よろこんで来たのですからね。地球でとてもいそがしいにもかかわらず、すべてをほっぽりだして、ここへ飛んできたというわけです。月に来たら、とても新しい有望な博物学的研究ができますからね。あなたたちがよこした蛾となかなかことばが通じなかったため、じゅうぶんな準備ができなかったけれど。しかし、どうか、われわれがここに来たのを後悔しているなどと思わないでください。こんな経験は、なにものにも代えがたい。たしかに、あなたがもっと早く顔を出してくれればよかったのに、と思ってはいますがね。しかし、きっと、あなたにもあなたなりの事情があったのでしょう。おそらく、とてもいそがしかったのでしょうね。」

「いそがしいですって？」巨人は、ぽかんとして言いました。「とんでもない。いそがしくありません。ここでの生活はとても静かで、快適なのです。静かすぎるほどです。議会を開くのはときたまですし、月全体のようすをしょっちゅうチェックするほか、なんの仕事もありません。すぐ先生に会いにいかなかったのは、正直言って、少しこわかったからです。別世界から人間に来てもらうなんて初めてのことですから、先生がどんな人か、どんなことをなさるか、ぜんぜんわからなかったのです。それに、先生はおひとりでいらっしゃると思っていたのです。この数週間、私は、鳥や虫や植物たちに、先生の行動や性格を観察させて、報告させていました。なにしろ、最初はカワセミの発言しか手がかりがありませんでしたから。先生が地球の生き物にどんなにやさしく親切だとしても、月の住民にも同じようにしてくださるとはかぎりません。私がきちんと歓迎の意を表していないように見えたとしたら、すみませんでした。でも、どうかお許しください。ほんとに……まったくもって……初めてのことでしたので。」

「いやいや、もっともです」と、先生は、相手をほっとさせようと、一生懸命に言いました。「どうか、もう言わないでください。よくわかりましたから。しかし、教えてほしいことが、二、三あります。ひとつには、あなたたちの蛾がパドルビーにやってきたあとすぐ、月にのろしがあがったように見えたのですが、それについて教えてもらえないでしょうか？」

「もちろんです。」巨人は、すぐに言いました。「私がやったのです。あの蛾のことがとても心配になったもので。先ほど申しましたように、ずいぶん危険な仕事をさせて悪いことをしたと思ったのです。くじ引きで、しるしのついた札を引きあてたのは、ジャマロでしたから。」

「ジャマロ？」先生は、いささかまごついて、つぶやきました。「くじ引き？　えっと、そのう……」

「だれが行くかを決めるくじ引きです」と、巨人は説明しました。「先ほど申しあげたように、くじで決めたのです。ジャマロ・バンブルリリーというのは、くじを引いて、地球へ行く使いの役を引き受けた蛾のことです。」

「ああ、そうか」と、先生。「ジャマロね。なるほど、ここでは虫にも名前をつけるんですね。しごく自然で、よいことです。ここの虫は、とても大きいうえに、月世界の生活や政治に大きな役割を果たしているのですからね。あなたは、たとえ同じ種類の虫であっても、すべての虫を一匹一匹見分けられるのでしょうね？」

「もちろんです」と、巨人。「月にはたぶん十万匹ものハチがいると思います。しかし、私は、群れというか家族の名前も知っているだけでなく、一匹ずつ名前を言うこともできます。ともかく、話をつづけますと、先生を呼びに地球へ行く役をくじ引きで引きあてたのはジャマロ・バンブルリリーだったのです。とてもいさぎよく、さっぱりとした性格で、決して泣き言を言いません。でも、当然ながらみんな心配しておりました。たしかに生き物はごくたまに地球から月の世界へやってきていましたが、月から地球へ行ったものは、ひとりとしていませんでしたから。地球がどんな世界なのか、カワセミの説明を聞いても、ぼんやりとしかわかりませんでした。カワセミのことばがよくわからず、何日も何週間もかけて、ようやく少しだけ理解できたのです。そこで、私たちは、ジャマロ・バンブルリリーと取り決めをして、地球に着陸したら、すぐになんらかの方法で、ぶじであることを私たちに伝えてもらうことにしました。そして、こちらからも合図をかえすことにしました。ところが、ジャマロは着陸に失敗して、先生のお庭で何日か動けなくなってしまったようです。長いあいだ、私たちはとても心配して待っていました。英雄的な冒険のとちゅうで死んでしまったのではないかと思ったのです。そのとき、こちらから合図を送れば、月のみんながジャマロの帰りを待っていることがわかって、ジャマロははげまされるのではないかと思いつきました。それで、のろしをあげたのです。」

「そう」と、先生。「そいつを見ましたよ。ジャマロが見たかわかりませんが。だが、教えてください。あんなに大きなのろしをどうやってあげたのですか？　山ほど大きいものだったにちがいないが。」

「そうです」と、巨人。「ジャマロが出発する二十日ほど前から、大型の鳥や虫たちといっしょに、森でジンジンの木の皮を集めたのです。」

「なにを集めたですって？」と、先生。

「ジンジンの木の皮です」と、巨人はくり返しました。「月にある木からとれる、とても爆発性の高い皮です。」

「だが、どうやって火をつけたのですか？」と、先生。

「摩擦です」と、巨人。「かたい木の棒を、やわらかい丸太に、きりのように、もみこむのです。そして、何十トンものジンジンの皮を、なにも生えていない岩だらけの谷に積み重ねておいて火をつけたんです。そこなら、森やジャングルに火がついてしまう心配がなくて安全だからです。月は広くないので、山火事にはいつも気をつけなければなりません。燃えさしを石の板に載せて運んできて、大量のジンジンの皮に火をつけました。それから、私はぱっと飛びのいて岩壁のうしろにかくれて、目を守りました。爆発はものすごく、けむりがおさまるまで、何日も咳《せき》が止まりませんでした。」

第二十三章　自分で王となった男

この長い会話のあいだ（まる一日半もかかりました）、ぼくらのまわりにいる奇妙な生き物たちはたしかに重要な議会の議員なのだと、よくわかりました。と言うのも、はるかうしろのほうから、ときどき巨人に質問が投げかけられたからです。提案やら質問やらが口伝えされるたびに、巨人はしょっちゅう一同をふり返りました。先生との話をやめてしまって、奇妙な音や合図で一同に答えることもありました。議会の議員たちが、巨人と先生とのやりとりに自分たちの意見を反映させようとしていることは明らかでした。

ドリトル先生には知りたいことがあまりにもたくさんあったので――早く地球に帰りたい気持ちがあるにもかかわらず――質問は終わらないように思えました。月の人間と地球の人間とが初めて出会ったのですから、むりもありません。

「おぼえていますか」と、先生はたずねました。「地球から飛び出していった月が落ち着いてきて、今のような月となったとき、あなたはどうやって新しい状況になじんだのですか？　われわれは、ここに着いたとき、さんざんな目にあいました。空気はちがうし、重力はちがうし、音もちがって聞こえます。教えてください。あなたはどうやって、きりぬけたのですか？」

巨人は顔をしかめて、大きな手をひたいに当てました。

「かなりむかしのことですからね」と、巨人はつぶやきました。「申しあげたとおり、何度も死にかけました。最初の数か月は、生きのびるため、食べ物を手に入れるのに必死でした。そして、食べ物が問題なく手に入るとわかってから、あたりを観察しはじめたのです。すると、鳥や虫たちも、私と同じように苦しんでいることがわかりました。月じゅう、はしからはしまで調べましたが、ほかに人間はひとりもいませんでした。私がただひとりの人間だったのです。友だちがほしくてたまりませんでした。『よし、虫と鳥を研究しよう』と思いました。鳥たちは、私などよりもずっとすばやく新しい状況になじんでいました。鳥たちは、私と同じ状況にあったので、よろこんで私に協力して、月をおたがいにとって住みよいところにしようとしてくれました。もちろん、私はなにも殺さないように気をつけました。ひとつには、殺したくなかったからですが、もうひとつには、そんな小さな世界で敵を作ったら、長生きできないだろうと気づいたからです。最初から私は、ほかの生き物とともに生き、たがいに助けあおうとつとめました。ほかに話し相手がいないのは、どんなにさびしく、つらかったか、とてもことばになりません。それから私は、鳥のことばを学んでみようと決めました。明らかに、鳥にはことばがあります。鳥のさえずりを聞いてそれがわからない人はいないでしょう。何年もかけてがんばって――ぜんぜんうまくいかないので、落ちこんでばかりいましたが――とうとう――いつだったかなんて聞かないでください――ちょっとした口ぶえを吹いて短い会話ができるところまできました。それから今度は虫です――鳥たちが虫のことばを学ぶ手伝いをしてくれました。次に植物のことばをおぼえました。ハチが手ほどきをしてくれました。ハチは、植物の方言まですっかり知っているのです。それから……そのう……」

「つづけてください」と、先生は言いました。その声の調子は落ち着いて静かでしたが、先生がとても熱心に聞いているのがわかりました。

「ああ、だめです」と、巨人は、じれるような調子でため息をつきました。「そんなにむかしのことは、もう忘れてしまいました。今となっては、生まれたときからずっとサギのことばやゼラニウムのことばを話してきたような気になっていますが、虫や植物と自由に話せるようになったのがいつだったのか、まったくおぼえていないのです。虫や鳥よりも、植物と話せるようになるほうが、長い時間かかったことだけはたしかです。時間の流れがどうであったかは、特に歴史の最初のほうでは、かなりぼんやりとしかわかりません。とにかく、いろんなことがたくさんあって、いちいちおぼえていられなかったということは、わかってください。最近——この千年ぐらい——では、歴史を記録しようとしているので、この千年ぐらいのことであれば、重要なできごとのほとんどについて、かなりくわしい記録をごらんにいれることができます。ただ、こまったことに、先生がお知りになりたいできごとのほとんどは、それよりも前のことなのです。」

「まあ、気にしないでください」と、先生は言いました。「今のところ、とてもうまくいっているじゃないですか。あなたが今話してくれた記録とやらを、ぜひ見せていただきたい。あとで、見せてくれませんか。」

それから先生は、ありとあらゆることについて長々と質問しつづけました。（いつのことかなどと、時間の流れについて聞かないように気をつけました。）主な話題は、虫と植物の進化に関するもので、先生は、すべての問いと答えがノートに書き記されているかどうか、きびしくぼくをチェックしました。ぼくは、もう、くたくたになってしまいました！　質問は、永遠に終わらないように思えたのです！　先生はこんなことをおたずねになりました——植物が話したがっていて、協力したがっていると最初に気づいたのはどのようにしてか？　みつを吸いにきたハチが花と会話をしていると、わかったきっかけは、なにか？　どのくだものと野菜が人間の食べ物としてよいと思うか？　栄養になる食べ物を、お腹をこわしたりせずに、どうやって見つけたのか？　質問は何時間もつづきました。私はその大部分をほとんどまちがいなく書きとめました。けれども、最後の数時間は、眠りながら書いていました。

ただひとつ、この記録の問題は、やはり日付がわからないことでした。長い年月のあいだ、人間からはなれてひとりで生きてきたため、かわいそうな巨人の心には、もう時間など要らなくなっていたのです。巨人がきちんと記録してあると誇らしげに言っていた最近のたった千年の記録でさえ、見せてもらうと、百年ぐらいちがっていてもたいしたことはないという感じでした。

この千年の記録は、大きな平たい岩の表面に、絵や図を使って、ほりつけられていました。先史時代の画家オウソーの腕前が、ここで大いに発揮されていました。ひざまずく少女の絵のような傑作とは、くらべものになりませんが、その絵や図には、見る者の目をひきつけるデザイン力と美しさがありました。

巨人の記憶や、きざまれた歴史に、年代の誤りはあっても、この千年の記録は、今のところ、手に入るかぎりの最高の記録でした。ぬけや空白があっても、実に刺激的でおもしろい文書だったのです。それは、月世界の進化の物語であり、その天変地異の瞬間にとつぜん、着の身着のまま宇宙へほうりだされた男が、いかにして王国のやさしい君主となったかが語られていました。そして、その王国は、地球の人間たちがさか立ちしても考えつけないほどふしぎな国なのです。というのも、自分のことを議長と呼ぶこの男は、ほんとうは王さまになったからです。王さまとして、男がどれほどの試練やひどい困難に打ち勝ってきたのか、ぼくらとしては、ただ想像するしかありません。ぼくらは、だれにも助けてもらえなかった巨人とはちがい、蛾に助けられて、めぐまれた条件で月にやってきたのですから。

先生と巨人との長い長い会話もついに一段落して、静かになりました。ぼくがうしろにひっくり返って、書きつづけてしびれてしまった右腕をのばしていると、ポリネシアが、ずっと腹にためていたことがあったらしく、一気にまくしたてました。

「まったく」と、ポリネシアは、まゆをつりあげながら、うなりました。「あたしの言ったとおりじゃないか、トミー？　リウマチだよ！　そんなもののために、先生は、はるばる月まで呼ばれちまったのさ――リウマチのために！　まあ、巨人なら許すよ。まさに百年にひとりっていうめずらしい人だからね。だけど、バッタはないでしょう！　考えてもごらんよ！――医学博士ジョン・ドリトル先生さまともあろうおかたが、何百万キロ先からはるばる連れてこられたのが」（ポリネシアの地理の計算はちょっといいかげんでした）「ただ、バッタの群れにご奉仕申しあげるためだけだなんて！　あたしゃ――」

しかし、ポリネシアの怒りのことばのつづきは、得意のスウェーデン語ののしりのことばとごっちゃになってしまい、なにを言っているのか、だれにもわかりませんでした。

先生と巨人の会話にひとくぎりついたすきに、議会のメンバーがさかんにしゃべりだしました。このえらい議員たちは、正確にどういうことが話されて、なにが決定され、どんな新しい規則が――もし、そんなものがあるのなら――施行されるのかということを、知りたがっていたようでした。かわいそうな議長は、その対応に追われて、てんてこまいしていました。

ついに、先生が、もう一度巨人にむかって、言いました。

「さて、君と虫の患者さんを診てあげるのは、いつがよいかね？　君たちみんなのためにできることはよろこんでするつもりだが、私はできるかぎり早めに地球に帰りたいのだということも、わかってくれなければいけないよ。」

巨人は返事をする前に、自分のうしろにいる議員たちと相談しはじめました。そして、その議論が長々とつづいたところからすると、巨人がなにを提案したにせよ、かなり批判を受けていたようです。しかし、とうとう、巨人はみんなを静かにさせて、もう一度ドリトル先生にむかって、こう言いました。

「ありがとうございます。ごめいわくでなければ、明日《あした》、みんなでおじゃましますので、診察をしてください。わざわざ月までおこしくださったご親切に感謝いたします。私たちが、先生にとって大きすぎて、めんどう見きれないということがなければいいのですが。少なくとも、私たちのやりかたや月の政治をよいとほめてくださったのですから、私たちがたいへんこまっているところをよろこんで助けてくださるものと思っています。」

「それはもちろん、もちろんだよ」と、先生はすぐに言いました。「よろこんで力になりましょう。それが私の仕事だからね。私は医者だ。年をとってから博物学者になったにしても、医者は医者だからね。何時ごろ来てもらえるかな？」

「夜が明けたら」と、巨人は言いました。「日の出とともに、おうかがいします。それでは、時間は、ふしぎなほど単純でした。こんなに進歩した現代になっても、月での時間は、ふしぎなほど単純でした。

第二十四章　ドリトル先生、月に診療所を開く

その夜は、けんかっ早いポリネシアでさえ、もうなにも言えないほどつかれきっていました。巨人とのやりとりは長く、中身の濃いもので、みんなは息もつけぬほど気を張りつめていたのです。巨人と議員たちが立ちさるとすぐに、ぼくらはみんな、服も着替えず、なにも食べないまま、眠りこけてしまいました。この世のなんであれ――いや、この月世界のなんであれ――ぼくらを起こすことはできなかったでしょう。

朝日がほのかにさしこみはじめたとき、ぼくらは目をさましました。最初に目をあけたのがだれだったかわかりません（たぶん、ドリトル先生でしょう）が、最初に起きあがったのは、ぼくでした。

なんと奇妙な光景でしょう！　ぼんやりとした光のなかで、何百もの、ひょっとしたら何千もの巨大昆虫――みんな患者です――が、ぼくらのキャンプのまわりに立っていて、みんなの病気を治すためにはるばる地球からやってきた小さな人間のお医者さんを見つめているのです。いまだかつて見たこともなければ、月にこんなのがいる

と思ってもみなかったような虫もいました。村の一本道かと思うぐらい長い長い毛虫は、十二本の足が痛風にかかっていました。巨大なカブトムシは、目を病んでいました。三階建ての家ほども背の高いバッタは、不恰好《ぶかっこう》なひざのところに雑な包帯をしていました。ものすごく大きな鳥たちは、つばさのつけ根が曲がっていて痛そうでした。先生のおうちは、ふたたび診療所となりました。月世界じゅうの体の悪い生き物たちが先生のもとへ集まったのです。

　偉大な先生は、ぼくにようやく起こされると、メロンを二口、三口かじってから、はちみつ水でそれをのどに流しこみ、上着をぬいで、仕事にかかりました。もちろん先生の小さな黒かばんでは――長年どこへ行っても役に立った働きものですが――こんなに大きな患者のめんどうを、とても見きれません。まず、包帯が、たりなくなりました。そこで、チーチーとぼくとで、毛布やシャツをさいて、包帯を作りました。それから、しっぷ薬がなくなりました。次にヨードチンキなどの消毒薬が切れました。しかし、先生は、月世界の木々や草花を研究しているあいだに、リウマチやその他の治療に使える薬を見つけて試していましたので、チーチーとポリネシアが急ぎ使いに出されて、先生が指示した薬草の根っこと葉っぱを取ってくることになりました。

　何時間ものあいだ、先生は、どれいのように働きました。患者の長い列は、決してなくならないように思えました。しかし、先生は、とうとう最後の患者にたどり着き、治療を終えることができました。そのときになって初めて先生は、巨人がほかの患者たちに、自分より先に手あてを受けさせていたことに気づいたのでした。夕闇がせまっていました。先生が、キャンプのまわりのひろびろとした場所を見まわしたとき、森のはしに、ぽつねんと巨大なすがたが、ひとりぼっちで身じろぎもせず、だまってしゃがみこんでいたのでした。

「おやまあ！」と、先生はつぶやきました。「すっかり忘れていたよ。ひとことも言わないんだもの。まあ、これほど自分勝手でない人もおるまい。こんなに思いやりがあるから、この世界を統治できるんだろう。どこが悪いのか、すぐに診てあげることにしよう。」

ドリトル先生は、空き地を急いで横切って、巨人に話しかけました。巨人は、先生に診てもらうために、大きな左足をのばしました。先生は、まるでハエのように、その上にあがったり下りたりして動きまわって、あちこちをつねったり、つまんだりして調べました。

「痛風ですね。」やがて、先生は、きっぱりと言いました。「しかも重症です。オウソー・ブラッジさん、聞いてください。」

それから、先生は、巨人の友だちに長いこと説明をしました。だいたいは食事に関

することのようでしたが、体のしくみ、運動、むくみ、そして、でんぷんの話もありました。

　説明が終わるころには、巨人はかなり感銘を受けたようで、うれしそうにして、とてもいきいきと明るくなりました。最後に巨人は、先生にくり返しお礼を言ってから、また大地をゆらしながら、足をひきずって去っていきました。

　またもや、ぼくらは、くたくたになって、ひどく眠たくなりました。

「さあて」と、先生は、一枚だけ残った毛布を寝床にしきながら言いました。「われわれにできるのはこれぐらいだろう。明日——あるいは、あさって——うまくいけばパドルビーに帰ろうじゃないか。」

「しっ！」ポリネシアが、ささやきました。「だれかが聞いています。あの木のかげで。」

「なんてことはない！」と、先生。「あんなに、はなれていれば、聞こえないよ。」

「月では音が遠くまで伝わるのを忘れないでくださいな。」オウムは警告しました。

「だが、それにしても！」と、先生。「われわれがいずれ帰ることはわかっているはずだ。いつまでもここにいるわけにはいかんのだから。議長にだって、そう言ったはずだ、私には地球でやるべき仕事がある、と。どうしても私に月にいてほしいというなら、まだしばらくは、いてあげてもいい。しかし、スタビンズ君のことだってある。

ご両親に行き先も言わず、どれぐらいで帰ってくるかということも告げずに来てしまっているんだ。今頃、おとうさんのジェイコブ・スタビンズさんはどう思っているだろうか、そして、おかあさんは？　たぶん、死ぬほど心配なさっていることだろう。私は――」

「しっ！　し、！　静かにしてくださいったら！」ポリネシアが、またささやきました。「今のが聞こえなかったんですか？　だれかが聞き耳をたてているんです。ほんと、それがうそだったら、あたしゃ、おたんこなすだ。たのむから静かにしてくださいよ。やつら、そこいらじゅうで聞き耳をたてています。もう、おやすみください！」

ぼくらは、よろこんでおばあちゃんオウムの言うとおりにしました。そして、あっという間に、みんないびきをかいていました。

今度は、朝早く目ざめませんでした。なんの仕事もなかったので、それをいいことに、寝たいだけ寝ていたのです。

ごそごそと起きだしたのは、もうお昼近いころでした。朝ごはんの水が必要でした。水をくんでくるのは、いつもチーチーの仕事でしたが、今朝は治療で使う薬草がまた足りなくなりそうだというので、チーチーはそのお使いに出されることになりました。そこで、ぼくが水をくんでくる役を引き受けました。

ひょうたんから作った容器をいくつもかかえて、ぼくは森へむけて出発しました。

前にも水くみの代役は、一、二度やったことがありましたから、ジャングルのはしからいつもの水をくむ場所まで行く道はわかっていました。

ところが、さほど進まないうちに、ポリネシアが追いかけてきました。

「気をつけて、トミー！」ポリネシアは、ぼくの肩にとまりながら、ふしぎなささやき声で言いました。

「どうして？」と、ぼく。「なにか、あったの？」

「わからないけど」と、ポリネシア。「なんだか気になるんで、あんたに注意しときたかったんだよ。いいかい。きのう、先生に診てもらいにやってきた大集団がいたろ？　あのあと、一匹も、すがたが見えないだろ。どうしてだと思う？」

しんとしました。

「えっと。」やがて、ぼくは言いました。「どうしてだか、わからないけど。お薬もらったり、治療してもらったりしたわけだから、もう先生のおじゃまをしなくてもいいんじゃないの？　診察がすんだら先生をほっておいてくれたほうが、いいじゃない？」

「そりゃ、そのほうがいいけどさ」と、ポリネシア。「それでも、次の日になったら、一匹残らず消えちまうってのは、どうもあやしいよ。すっかり病気が治ったわけじゃあるまいし。なにかあるよ。かんでわかるんだ。それに巨人だって見あたらない。あちこちさがしてみたんだけど、あいつもかくれちまった。ちょうど、あたしらが初めて月に着いたときみたいに……。とにかく、気をつけるんだよ！　それだけさ。あたしゃ、もうもどらなきゃ。でも、目をしっかり見開いてるんだよ、トミー。がんばれ！」

ぼくは、ポリネシアがなんのことを言っているのかちっともわからず、まごつきながらも、水をくみに池へ行きました。

池には、巨人がいました。そんなところでばったり出会うなんて、なんだかどぎまぎしました。ぼくは、ひょうたんに水を入れようとして池のなかに入っていくまで、巨人がいることに気がついていませんでしたが、巨人が片足を動かしたので、こんもりとしたジャングルに巨人がしゃがみこんで、その大きな体をかくしていたことに気がついたのです。巨人は、ぼくが気づいたことを知ると、立ちあがりました。

その表情は、いつものとおり、やさしそうな、ほほ笑むかのような静かな表情で、敵意は見えませんでしたが、ぼくはとたんに、なんだかこわくなりました。巨人は足が悪くても、動きはすばやく、しかも巨体ですから、ぼくが走ったところで逃げられるものではありません。むこうは、ぼくのことばがわかりませんし、ぼくも巨人のことばがわかりません。そこは、森の奥にある、さみしい場所でした。助けてとさけんでも、先生の耳には届かないでしょう。

巨人がどうするつもりなのか、考えているよゆうはありませんでした。巨人は、その大きな右手をのばすと、まるで花をつむかのように、ぼくを池から持ちあげました。そして、ものすごい歩はばで森をぬけて、ぼくを連れさりました。巨人の一歩は、ぼくには半日かけていく距離でした。それでも、足をとてもそっとおろしているように思えました。きっと、いつもの大地をゆるがすような足音をほかの人たちに聞かれたり感じられたりしたくなかったのでしょう。

とうとう、巨人は、止まりました。大きな広場に来ていました。そこには、ぼくらを地球から連れてきてくれたあの蛾、ジャマロ・バンブルリリーが待っていました。巨人は、ぼくをその巨大蛾の背中に乗せました。巨人がなにか最終命令を出しているらしい低い声が聞こえました。ぼくは、誘拐されたのです。

第二十五章　ふたたびパドルビーへ

あんなに心細かったことはありません。巨人は、蛾と話をしているあいだ、その巨大な手でぼくを蛾の背中に押しつけていました。さけんでみたら、まだ助かるかもしれないと思って、大きな口をあけて、せいいっぱいの大声を出しました。あっという間に巨人の親指がぐるりとやってきて、ぼくの顔を押さえつけました。巨人は、蛾と話すのをやめました。

まもなく、蛾の足が動きだしたので、飛ぼうとしているのだなとわかりました。たとえ先生がぼくのさけびを聞いて助けにかけつけてくれたところで、もう間に合いません。巨人が手を放して、ぼくを自由にしたときには、蛾は走りだしていました。ぼくの両側には何千平方メートルもありそうな巨大な羽がひろがって、空を切っています。最後のやぶれかぶれのこころみとして、ぼくは左側の羽の上を走っていって、宙へジャンプしました。着地したところは、巨人の腰のベルトでした。ぼくは必死にしがみつきながら、力いっぱい「先生、助けて」とさけんでいました。巨人は、ぼくをつまみあげ、蛾の背中にもどそうとしました。ただ、しがみついていたぼくの手がはがされるとき、なにかがちぎれて、ぼくの手に残りました。それは、ピッピティーパを角に描いたあの芸術品でした。巨人は、今やものすごいスピードで地面を疾走しているジャマロの上にぼくをおくのに必死で、ぼくが巨人の宝物を手にしていることに気づきませんでした。

しかし、もう、そんなことはどうでもよくなっていました。ぼくの心には、ひとつのことしかありませんでした――ぼくは、先生からひきはなされようとしているのです。どうやら、ぼくだけが地球へ送りかえされようとしているのでした。蛾のスピードがどんどん増していくにつれ、バサバサという音が右耳の近くでしました。ふり返ってみると、そこには、ありがたや、ポリネシアがツバメみたいに飛んでいるではありませんか！　ものすごいいきおいで、ポリネシアは、まくしたてました。ののしりのことばを口にするひまがなかったのは、生涯でこのときだけだったでしょう。

「トミー！　先生があんたをご両親のもとへ帰さなければいけないと心配なさっていることを、やつらは知っちまったんだ。あたしゃ、ゆうべ、先生に気をつけてと言ったんだけどね。やつらはそいつを聞きつけ、あんたがいたら、先生はあんたを連れて帰りたがるって思った。だから――」

蛾の足が地面をはなれ、蛾は、広場のそばにある木々のこずえをこえようと身がまえて、顔を上へあげました。最初の旅のときに経験した、あの強烈な風がすでに吹きつけはじめていました。風がますます強くなっています。ポリネシアはバタバタとあがいて、できるかぎりのスピードを出し、しばらくのあいだ、なんとかこの巨大な飛行船のような蛾からひきはなされまいとして飛んでいました。

「心配ないよ、トミー！」ポリネシアは、さけびました。「あたしゃ、巨人がなにをたくらんでいるか、うすうす感づいていたんだけど、どこにかくれているのかわからなかったんだ。先生には、こうなるかもしれないと注意しておいた。そしたら、万一あんただけが地球へ送り返されるようなことがあったら、この最後の伝言をあんたにことづけるようにっておっしゃった――『馬小屋の足の悪い年寄り馬のめんどうを見てくれ。お庭のくだものの木に目をかけてくれ。そして心配はいらない！　私はちゃんと帰る手段を見つけるから。ふたつめのけむりの合図に注意しておいてくれ』」（ポリネシアは、もうすっかりひきはなされてしまい、その声はだんだん聞こえなくなっていました。）「『さようなら、幸運を祈る！』」

ぼくは、大声で返事をしようとしましたが、強烈な風で息もできず、あえいでしまいました。「さようなら、幸運を祈る！」というのが、月の世界から聞こえてきた最後のことばでした。

ぼくは、体がひきちぎられるような風のいきおいをさけて、身を低くして毛の奥へかくれました。手さぐりをすると、なにかへんなものにさわりました。そこにはムーン・ベルがいくつもありました。巨人は、ぼくを地球へ送りかえすにあたって、人間に必要なものをちゃんと考えておいてくれたのです。ぼくは大きな花のひとつをつかんで、すぐに顔をつっこめるように手もとにおきました。これから〝死の空間〟を通過するときには、つらいことになるとわかっていたからです。しかし、今となっては、ほかにどうすることもできません。パドルビーに着いて、大きなお庭のある小さなおうちに帰るまでは、あわてず、じっと横になっているしかないのです。

帰りの旅は、来たときとあまり変わりませんでした。先生といっしょの旅のときよりも、さびしかったのはたしかですが、今度は人間でもぶじに行ける旅だとわかっていたので、ともかくも安心できました。

でも、まあ、なんて悲しい旅だったことでしょう！　ひとりぼっちであったのみならず、先生をおきざりにしてしまったという、ひどい罪の意識がありました。決してぼくを見捨てることもなければ、こまっている友を見放したりすることもない先生を。ぼくのせいではないんだと、何度も何度も自分に言い聞かせましたが、ぼくがもう少しうまいことたちまわるか、知恵がまわるかしていれば、こんなことにはならなかったという思いをぬぐいさることはできませんでした。それに、ドリトル先生を月においてきてしまったなんて、どんな顔をしてダブダブやジップたちに知らせたらいいのでしょう？　あわせる顔がないというのは、まさにこのことです。

旅は、はてしなくつづくように思われました。巨人はくだものも用意していてくれたのだとわかりましたが、〝死の空間〟に近づくと、ひどく気持ちが悪くなって、旅の最後までなにも食べられなくなりました。

とうとうゆれがおさまってきたので、ぼくは起きあがって、あたりを見まわしました。かなり地球に近いところまで来ていました。太陽の光を浴びて楽しそうにかがやく地球を見ると、心がじんじんとあたたまる思いがしました。この数週間、自分がどれほどホームシックになっていたか、そのとき初めて気がついたのです。

蛾は、ソールズベリー平原に、ぼくをおろしてくれました。このあたりのことはよく知りませんでしたが、ソールズベリーの大聖堂の尖塔《せんとう》は絵で見て知っていましたから、平原のむこうにその尖塔が見えて、ここがどこだかわかったわけです。正確な時刻はわかりませんが、どうやら朝早くのようです。

地球の重たい空気と強い重力に慣れるのは、月のかなりちがった条件に慣れたあとでは、かなりたいへんでした。自分がどっと重たいおもりになったみじめな気分で、ぼくは蛾の背中から、はうようにして下りて、まわりのようすをたしかめました。

朝もやが、ぼくのふるさとである地球の平原にたちこめていました。宇宙から見たときは、とても明るくて、ふるさとだと思って親しさを感じたのですが、実際に来てみると、ちっとも魅力的に見えませんでした。

やがて、もやが少し晴れて、あまり遠くないところに道が見えました。男の人が歩いています。仕事に出かける農家の人にちがいありません。なんて小さく見えることでしょう！　ひょっとすると、ものすごく背が低い人なのかもしれません。ぼくは、人間がいる世界がなつかしくなって、話しかけようと思い、重たい足どりで前へ出ました。（ひどい旅につかれきっていたうえに、地球の重力に慣れないために、よっぱらいみたいにふらふらしていました。）そして、その人から二十歩ほどのところまで近づいたところで、声をかけました。すると、おどろくべきことが起こりました。その人は、ぼくの声を聞いてふり返ったとたん、顔を真っ白にして、うさぎのように、ものすごい速さで、もやのなかへ逃げていったのです。

ぼくは、その人が消えていった道に立ちすくんでいました。そしてふいに、自分がどうなっていて、どんなふうに見えたのかということに思いあたりました。しばらく月で身長を測ってはいなかったので、すぐに測ってみました。背たけは三メートルあり、ウエストは百三十センチありました。木の皮で作った服を着て、靴とすね当ては根っこの細いひげを編んでできていました。髪の毛は肩までのびていました。

ソールズベリー平原の荒野でそんな化け物にとつぜん出会ったかわいそうな男の人が、いちもくさんに逃げていったのは、あたりまえです！　ふいに、ジャマロ・バンブルリリーのことが思い出されました。ジャマロにたのんで先生に伝言してもらおう、蛾がぼくの言うことをわからなくても、先生に手紙を運んでもらえばいいと考えて、ジャマロをさがしましたが、ジャマロは二度と見つかりませんでした。もやのせいで、ぼくが方角をまちがえてしまったのか、それともジャマロはとっくに月へ帰ってしまったのか、もはやわかりませんでした。

　こうして、ぼくは大男となって、かかしみたいな恰好《かっこう》をしていたわけです。ポケットにはお金もなく、この世の財産と言えば、先史時代の絵がほられたトナカイの角の板だけでした。そして、もちろん、ぼくは気がついたのです。どこへ行っても、さっきの男の人のような反応をされるだろうということに。ソールズベリーからパドルビーまでは遠い道のりです。それは、ぼくにもわかっていました。馬車に乗るお金も必要なら、食料も必要でした。

　どうしようか考えながら、道をとぼとぼと歩いていくと、農家が見えてきました。ベーコンを焼く、おいしそうなにおいがしました。ものすごくおなかがすいていたので、とにかくたのんでみようと思いました。ドアのところへ行って、そっとたたきました。女の人が出てきて、ぼくを見てさけび声をあげ、目の前でドアをバタンとしめました。一瞬のちに、男の人が窓をさっとあけて、ぼくに鉄砲をつきつけました。

「ここから出ていけ！」男の人は、どなりました。「さっさとしろ！　さもないと、てめえの、みにくい頭をぶっとばすぞ。」

ぼくは、いっそうみじめな気持ちになって、道をとぼとぼ歩いていきました。ぼくは、どうなってしまうのでしょう？　ほんとうのことを話せる相手なんてだれもいません。だって、だれが、ぼくの話を信じてくれるでしょう？　なんとかしてパドルビーへ行かなければなりません。正直言って、行きたくはなかったのです。こんな知らせを持って、ドリトル家のみんなにとても会えません。それでも、行くよりほかありませんでした。先生が最後に、年寄り馬やくだものの木のことをおっしゃらなかったとしても、先生の留守をお預かりするのが、ぼくのつとめなのです。それから、ぼくの両親にも会わなければなりません――かわいそうなおかあさんと、おとうさんに！ぼくは、自分がみじめなあまり、両親のことを忘れていたようです。だけど、こんなぼくを見て、ぼくだとわかってくれるのでしょうか？

そのとき、ふいに、ロマ民族の箱馬車《キャラバン》の行列の前を通りかかりました。キャラバンは道ばたのハリエニシダのしげみにキャンプしていたので、近くに来るまでわからなかったのです。

その人たちも朝ごはんを料理していたので、やはりおいしそうなにおいが、ぼくのすきっぱらにこたえました。ふしぎなことに、ロマ民族だけは、ぼくのことをこわがりませんでした。みんな箱馬車から出てくると、口をあけてぼくを見つめながら、取り囲みました。こわがるのではなく、おもしろがっていたのです。やがてぼくは、「すわって食事をしたらどうだ」と、なかへまねき入れられました。みんなの親分である老人は、「これから、田舎の市へ行くところだが、いっしょに来ないか」と言ってくれました。

ぼくは、お礼を言って、いっしょに行くことにしました。見捨てられたみじめな境遇から助けてくれるなら、どんな人にだって飛びつきたい思いでした。あとでわかったことですが、この老人は、ぼくをサーカスで、巨人として見世物にしようとしていたのでした。でも、ぼくにお金を払ってくれると言います。

実のところ、ぼくは、いざとなれば、そんなことでもよろこんで引き受けたのです。お金が必要でした。かかしの恰好でパドルビーへ帰るわけにはいきません。服が必要でした。馬車代も必要なら、生きていくための食事代も必要でした。

サーカスの団長は――友だちとなったその老人から紹介されたのですが――とてもきちんとした人でした。ぼくと一年間の契約を結びたがりましたが、ぼくは、もちろんことわりました。むこうは六か月と言ってきました。それでもぼくは首を横にふりました。ぼくとしては、きちんとした恰好をしてパドルビーへ帰れるだけのお金が手に入りさえすれば、できるだけ短い期間のほうがよかったのです。団長の熱心さから考えると、どんな代価を支払ってもぼくを見世物にして、できるだけ長いあいだその興行をつづけたかったようです。かなり議論をしたすえに、ひと月の契約で話がまとまりました。

それから、服の問題がありました。この点では、ぼくは、とても用心をしました。団長は、はじめ、ぼくの髪の毛を長いままにして、腰布だけのすがたで見世物に出てほしがりました。「火星からやってきた、なぞの男」といったものとして、お客を呼ぼうというのです。ぼくは、そんなものにはなりたくないと言いました。（もっとも、それは、真実からあまりはずれていなかったかもしれませんが。）それでは、「南米の大草原からやってきた巨大カウボーイ」にしようと言います。そのために、巨大なカウボーイ・ハットをかぶり、ウールのズボンをはき、ピストルを何丁も持ち、お皿のような歯車のついた拍車をつけるのだそうです。そんな恰好では、パドルビーに行くときの晴れ着にもなりません。

とうとう、団長がぼくをかなり本気でやといたがっていることがわかったので、ぼくは自分のほうから条件を出してみました。

「いいですか」と、ぼく。「ぼくはうそをつくのはいやなんです。ぼくは科学者で、外国から帰国した探検家です。こんなに大きくなってしまったのは、ぼくがいた国の気候のせいだし、ぼくが食べていた食事のせいです。なぞの男だの、西部のカウボーイだのになりすまして、世間をだましたくはありません。学問がある人が着るような、ちゃんとした黒いスーツをください。そしたら、お客の前で、夢にも思いつかないような旅の話を――ほんとうの話を――してあげましょう。だけど、契約はひと月だけですよ。それが最終条件です。どうしますか？」

団長は手を打ちました。こちらのすべての条件をのんでくれたのです。ぼくの給料は一日三シリング〔約三千六百円〕で、服は、契約が終わったらぼくのものにしてよいということになりました。しかも、ベッドつきの箱馬車を一台、あてがわれました。お客の前に出る時間もきっちり決められ、それ以外の時間は自分の好きにしてよいことになりました。

つらい仕事ではありませんでした。ぼくが見世物に出る時間は、朝の十時から十二時までと、午後の三時から五時までと、夜の八時から十時まででした。仕立職人が呼ばれて、ぼくの巨体に合わせて、きちんとした服を作ってくれました。理髪師も来て、髪の毛を切ってくれました。団長が大量に印刷したぼくの肖像画があって、見世物をやっているあいだ、ぼくはそれにサインしました。一枚三ペンス〔約三百円〕で売られたのです。そして、ぽかんと口をあけてこちらをながめている大ぜいの見物客に、一日に二度、旅行の話をしてやりました。でも、月に行ったとは言いませんでした。ただ「外国」と言いました。たしかに、外国にはちがいありませんでしたから。

とうとう、自由になれる時が来ました。契約が終わり、ぼくは三ポンド十五シリングをポケットに入れて、りっぱなスーツを着て、どこへでも好きなところへ行くことができるようになったのです。ぼくは、パドルビーのほうへむかう最初の乗合馬車に乗りました。もちろん、何度も乗りかえねばならず、あるところでは、パドルビー行きに乗りかえるために一晩泊まらなければなりませんでした。

とちゅう、ぼくは、体が大きすぎるものだから、みんなからじろじろ見られました。しかし、もう気にならなくなりました。きちんとした恰好をしていましたから、少なくともこわがられることはないとわかっていたからです。

ようやくパドルビーに着くと、先生のおうちへ行くより先に、まず両親のところへ行くことにしました。いやなことをあとまわしにしたかったのかもしれませんが、とにかく、両親を早く安心させてあげるというもっともな口実もありました。

両親は、むかしのままでした。ぼくに会えて大よろこびしてくれて、どこにいて、なにをしていたのかと聞きたがりました。そして、ぼくがだまって家を出ていったのに特に大さわぎしなかったと言うので、びっくりしました。両親は、先生もいつの間にかいなくなってしまったと聞いて、ぼくが先生といっしょなのだろうと思い、それほど心配しなかったのだそうです。なるほどと思いました。それほど先生のことを信頼していたわけです。だれもが先生を信頼しているのです。先生がぼくを連れていったのなら、なにもかもだいじょうぶということです。

とんでもなく大きくなったぼくを見て、ぼくだとわかってくれたことも、うれしかったです。ぼくが、ローマの将軍ジュリアス・シーザーみたいに「あまりにも大きくなった」ことを誇りに思うと言うのです。暖炉の前にすわって、ぼくは、おぼえているかぎり、冒険の話を両親に語って聞かせました。

両親が、ごく単純な人であるにもかかわらず、月への旅などという、奇想天外な話を、これっぽっちもうたがったりせずに信じてくれたのも、ふしぎに思えました。そんなふうにぼくの話を信じてくれるのは、この世にマシュー・マグ以外にいないんじゃないかと、ぼくは思っていたのです。両親は、先生のお帰りはいつかとたずねました。ぼくは、月から帰ってくるときは先生がもう一度のろしをあげて知らせてくれる、というポリネシアの話を伝えました。でも、あんなにも先生に助けてもらいたがっている世界から、先生が逃げだせるのか、あまり自信はありませんでした。それから、ぼくが先生をおいてきてしまったことがくやしくて、泣きくずれそうになったとき、両親は、「おまえはやれるだけのことをやったのだ」と、なぐさめてくれたのでした。最後に、おかあさんは、「今晩は家に泊まっていって、ドリトル家に知らせるのは明日《あした》にしなさい」と言ってくれました。「おまえはくたくたにつかれているんだから」と言うのです。そこで、いやなことをあとまわしにしたかったので、ぼくはほんとにつかれているのだということにして、寝てしまいました。

あくる日、ぼくは、ネコのエサ売りのマシュー・マグをさがしました。「大きなお庭のある小さなおうち」へ出かけるにあたって、マシューに助けてもらいたかったのです。でも、マシューは、月や旅行について次々に質問を浴びせてくるので、ぜんぶ答えるのに二時間もかかってしまいました。

とうとう、ぼくらは先生のおうちに着きました。ぼくの手が門の留め金にさわりもしないうちから、みんながぼくを取り囲みました。寝ずの番が得意のフクロウのトートーが、おそらくぼくらがいなくなってからというもの、ずっと見張りについていたのでしょう。そして、トートーがひと声ホーと鳴いたのを合図に、家じゅうのみんなが火事のときみたいに前庭へ飛び出してきたにちがいありません。ぼくが大きくなって、すっかり変わってしまっているのを見て、びっくりした声があちこちからあがって、がやがやとうるさくなりました。でも、ぼくがだれかということについて、みんな、ちっともうたがうことはありませんでした。

それからふいに、みんなは、ぼくがひとりきりで帰ってきたことに気づいて、奇妙におしだまってしまいました。ぼくはみんなにかこまれたまま、家へ入り、台所へ行きました。そこで、偉大な先生ご自身がよくすわって、みんなに話を聞かせてくれた、あの暖炉のそばで、ぼくは、月旅行のお話をすっかり語って聞かせたのでした。

最後のところまで来ると、みんなは、ほとんど泣き顔になり、ブタのガブガブは大声でエンエンと泣きだしました。

「もう先生に会えないんだ！」ガブガブは、泣きさけびました。「月じゃ、先生をぜったいに帰してくれないよ。ああ、トミー、なんだって先生をおいてきたの？」

「おい、うるさいぞ！」犬のジップが、ぴしゃりと言いました。「しかたがなかったんだ。誘拐されたんだから。そう話してもらったじゃないか。心配ないよ。のろしの合図を見張ることにしよう。ドリトル先生は、かならずおれたちのところへ帰ってくる。心配するな。ポリネシアだっていっしょなんだぜ。」

「ちょうだ！」白ネズミが、言いました。「ポリネチアが、なんとかちてくれる。」

「私は心配なんかしていません」と、アヒルのダブダブは、いっぽうのつばさで涙をぬぐいさり、もういっぽうのつばさでパン台からハエを払いのけながら、ふんという調子で言いました。「でも、先生がいらっしゃらないと、さみしいわね。」

「ちぇ！」と、トートーがうなりました。「もちろん、帰っていらっしゃるさ！」

窓をトントンとたたく音がしました。

「チープサイドだわ」と、ダブダブ。「入れてあげて、トミー。」

ぼくが窓をあけると、ロンドンなまりのスズメがパタパタと飛びこんできて、台所のテーブルに陣どって、家政婦役のダブダブがきちんとあとかたづけをしたあとにわずかに残っていたパンくずをつまみはじめました。トートーが、事態をごく手短に教えてやりました。

「へえ、なんでえ！」と、スズメは言いました。「しけたつらしやがって！　ドリトル先生が月に足止め食らっただって！　とんでもねえ！　ありえねえっての！　先生に足止め食らわせるなんて、だれにもできねえよ。ちくしょ、ダブダブ！　てめえ、かたづけるとなると、パンくずを残しといちゃくれねえんだな？　てめえの家に住むネズミは、ダイエットできて、さぞけっこうだろうよ。」

とにかく、これでみんなに話はできました。そして、ぼくは、なつかしいおうちに帰ってこられてうれしいと思いました。ふつうの食事をしていれば、そのうちにふつうの大きさにもどるだろうということもわかっていました。それまでは、ここにいて、会いたくない人とは会わないでいいのです。

こうしてぼくは、くだものの木のめんどうを見て、馬小屋の年寄り馬の世話をしてやり、先生の代わりをせいいっぱいつとめました。そして、来る夜も来る夜も、ジップとトートーとぼくのうち、ふたりずつチームを組んで、月が出ている夜には、合図のけむりがあがらないかと、寝ずの番をしたのでした。朝になってしまって、がっかりして悲しい気持ちで家に入るとき、ジップがぼくの足に頭をこすりつけて、こう言ってくれたものでした。

「心配ないよ、トミー。先生はもどってくるさ。ポリネシアだっていっしょなんだから。きっとふたりのどっちかが帰る方法を思いついて、みんなで帰ってくるさ。」

訳者あとがき

本書は、『ドリトル先生と月からの使い』に続く、シリーズの第八巻である。

本書が書かれたのは一九二八年。旧ソ連の月探査機ルナ３号が初めて月の裏側を観測した三十一年前である。当時知られていなかった月の世界に自由に想像力を飛躍させて描かれたファンタジーであり、「月が地球からわかれた、何千年も前、ひょっとすると何百万年も前」（１４０ページ）といった記述をあえて「約四十六億年前に」などとしていないのは、サイエンス・フィクションの世界へ近づけまいとする作者の努力の表れかもしれない。

多くの点で、本書は児童文学のファンタジーの系譜を意識して書かれていると言えそうだ。たとえば、月の世界へ行ったドリトル先生たちが巨人と出会うという筋は、イギリスの御伽噺《おとぎばなし》『ジャックと豆の木』で、ジャックが豆の木をのぼっていって雲の上で巨人と出会うのに似ており、巨人の持つ不穏な雰囲気はこの御伽噺に原点を持つとも考えられる。本書では、巨人の名前と素性が明らかになることで、こわい人ではないとわかってくるが、トミーをとつぜんつまみあげて蛾に乗せて地球に帰してしまうなど、何を考えているのかわからないところがある。トミーは巨人と出会い、そして地球にもどって巨人として扱われてしまうが、もともと巨人でなかった人間が巨人として扱われたり、あるいは自分よりはるかに大きな巨人に対して恐怖をいだいたりするストーリーは、ジョナサン・スウィフトの『ガリヴァー旅行記』（一七二六年初版）に先例がある。

こうしたことをどこまでロフティング自身が意識していたかはわからないものの、第十二章「おしゃれユリ」が、ルイス・キャロルの『鏡の国のアリス』第二章「しゃべる花々のお庭」に登場するしゃべるユリを強く想起させることは否めない。『鏡の国のアリス』の該当部分を引用してみよう（河合祥一郎訳、角川文庫より）。

「オニユリさん！」アリスは、優雅に風にゆれているお花に話しかけました。「あなたがおしゃべりできたらいいのに！」

「できるわよ」と、オニユリが言いました。「ちゃんとした話し相手さえいればね。」

アリスはおどろきのあまり、しばらくは口がきけませんでした。まったく息がつけなくなるくらいだったのです。オニユリはそのままゆれているだけだったので、ついにアリスはおずおずともう一度話しかけました――ほとんどささやくように。「お花って、みんな話せるの？」

「あなたと同じようにね」とオニユリが言いました。「しかも、もっと大きな声で。」

「わたしたちのほうから話しかけるのは失礼でしょ」とバラが言いました。「だから、いつ話しかけてくれるかなあって思ってたのよ。わたし、自分にこう言ってたの。『まあ、かしこそうな顔した子じゃないけど、まともな顔ではあるな！』って。でも、あんたの色はちゃんとしているから、それはたいしたもんよ。」

オニユリのほうから話しかけてこないところも、月の世界の動植物たちが先生に話しかけてこないという本書の筋と似ている。『鏡の国のアリス』（初版一八七一年）は、本書より半世紀前に書かれた作品であり、ロフティングも子ども時代に親しんでいたであろう。イギリスの小説家サー・ヒュー・ウォルポールは、ロフティングをルイス・キャロルの真の後継者であるとたたえているが、こうした点を踏まえての称賛なのかもしれない。

ちなみに今引用した――

「あなたがおしゃべりできたらいいのに！」

「できるわよ」と、オニユリが言いました。

――のくだりは、C・S・ルイスが「ナルニア国物語」第五巻『馬とその少年』（一九五四年初版）で次のようにアレンジしている。

「きみが口をきけたらいいのにな。」
そのときだ。シャスタは夢を見ているのかと思った。とてもはっきりと低い声で、馬がこう言ったからである。
「口はきけますよ。」

「ナルニア国物語」シリーズでは、ナルニアのかしこい動物たちは人間のことばを話せるという設定になっているが、「ドリトル先生」シリーズでは、ドリトル先生が動物や植物のことばを理解して話せるようになるというところが根本的に異なっている。いや、さらに言えば、他のすべてのファンタジー小説では動植物が人間のことばを語りだすのに対して、「ドリトル先生」シリーズでは、ドリトル先生が研究の末に動植物のことばを理解するようになるという点こそが「ドリトル先生」シリーズの最大の特徴なのだと明言しておくべきだろう。その点で、「ドリトル先生」シリーズはファンタジーよりもサイエンス・フィクションに近い。だからこそロフティングは、本作のファンタジー性をあえて保持しようと努めたのかもしれない。ナーサリー・ライムでも歌われる「月の男（the man in the moon）」は、中世からルネサンスにかけて英国に定着したイメージであり、シェイクスピアの先輩劇作家ジョン・リリーの劇『エンディミオン――月の男』（一五九一年初版）の副題ともなった月の男と、ついにドリトル先生は対面する仕儀となる。シェイクスピアの仲間の劇作家ベン・ジョンソンの宮廷仮面劇『月で発見された新世界の知らせ』（一六四一年初版）では、月へ真実を探しに行ってもどってきた詩人が、月では男も女も同じ恰好《かっこう》をしているなどと月世界の人間のようすを語るが、そうした伝統に則《のっと》った「荒唐無稽《こうとうむけい》の想像の月世界」がくりひろげられていると言ってよいだろう。

作者ヒュー・ロフティングは、ドリトル先生を月の世界へ飛ばしてしまって、そこでこのシリーズを打ち切りにしようと考えていた。本書は、シリーズ最終巻となる運命にあったわけである。

なぜロフティングは、本書で打ち切りにしようとしたのだろうか。

その経緯を知るために、ここで作者の生涯について少し語っておくことにしよう。

ヒュー・ジョン・ロフティングは、一八八六年一月十四日に、英国バークシャー、メイデンヘッドに生まれた。イングランド人の父ジョン・ブライアン・ロフティングと、アイルランド人の母エリザベス・アグネス（旧姓ギャノン）とのあいだの六人の子どものひとりであり、小さいころから動物や昆虫が大好きで、母親がリネンを収納する戸棚に小さな「動物園」を作って、家族のためにお話をつくっていたという。

　高校を卒業したのち土木技師になろうと渡米し、マサチューセッツ工科大学に入学して一年勉強し、ロンドン・ポリテクニックを卒業後、カナダ、西アフリカ、キューバなどで測量や鉄道建設などの仕事に携わった。

　一九一二年にふたたび渡米し、結婚した。妻フローラ・スモールとニューヨークに住み、新聞や雑誌に大人むきの小説の投稿をはじめた。一九一三年に長女エリザベス・メアリが誕生し、一九一五年に長男コリン・マクマホンが誕生した。この子どもたちのために「ドリトル先生」シリーズは生まれることになる。

　第一次世界大戦中はニューヨークにとどまって英国情報省の仕事を請け負っていたが、一九一六年にアイリッシュ・ガーズ連隊中尉として西部戦線に赴いた。

　そこで傷ついた軍用馬が手当てもされず殺されてしまうのを見て心を痛め、動物と話ができる医者の物語を考えて、自分の幼い子どもたちへ書き送ったのである。子どもたちはこのお話がすっかり気に入り、丸鼻でぽっちゃりした息子コリンは、ドリトル先生と呼ばれるようになった。

　一九一八年、手榴弾《しゅりゅうだん》の破片が腿《もも》に刺さって重傷を負ったロフティングは入院し、翌年、家族とともにニューヨークへ戻ろうと大西洋を渡る客船で、詩人で小説家のセシル・ロバーツと出会った。ロバーツは、ロフティングが夕方六時ごろになると「おやすみのお話をドリトル先生にしに行く」と言って去っていくのをふしぎに思い、そのわけをたずねた。すると、ロフティングは、事情を説明し、「ドリトル先生」というあだ名の息子を紹介し、物語の原稿を見せた。その内容に感銘を受けたロバーツは、ぜひ出版すべきだと言って、出版者ストークスを紹介し、こうして一九二〇年に『ドリトル先生アフリカへ行く』が刊行されることになった。英米の読者からの反応はすばらしいもので、一九二二年に『ドリトル先生航海記』を刊行、トミー・スタビンズを登場させた。翌年、全米で最も優れた児童文学作品に与えられるニューベリー賞を受賞したのである。

それから一年ごとに『郵便局』、『サーカス』、『動物園』、『キャラバン』、『月からの使い』、『月旅行』と刊行がつづく。

ところが、一九二七年に妻フローラが死亡してしまう。翌年、再婚するのだが、二度目の妻キャサリンも一九二八年にインフルエンザに罹《かか》って死んでしまい、ロフティングはすっかり気を落としてしまう。

こうして本書『月旅行』を出版した一九二八年に、シリーズを打ち切ろうと考えたのである。

しかし、物語のつづきを求める読者の声は強く、五年後の一九三三年に続編『ドリトル先生月から帰る』で、ドリトル先生は帰ってくる。前年の一九三二年に、シリーズ番外編『ドリトル先生のガブガブの本』を出した時点で、執筆意欲は復活していたのだろう。

さらに、一九三五年に三度めの結婚をして、妻ジョセフィーンとのあいだに息子クリストファー・クレメントをもうける。その後体調を崩しながらも、本当のシリーズ最終巻として『秘密の湖』をクリストファーのために執筆し、一九四七年九月二十六日没した。妻ジョセフィーンが妹のオルガ・フリッカーとともに遺稿をまとめて『緑のカナリア』（一九五〇）と『最後の冒険』（一九五二）として刊行し、その全シリーズが完結したのである。

ドリトル先生が月のかなたに消えたままにならなかったことを多くの読者とともによろこびたい。

二〇二一年六月

河合祥一郎

本書は、二〇一三年六月に小社より刊行された角川つばさ文庫（児童向け）を一般向けに加筆修正したうえ、新たに文庫化したものです。

本文挿絵／ももろ
本文デザイン／坂詰佳苗

新訳《しんやく》

ドリトル先《せん》生《せい》の月《つき》旅《りよ》行《こう》

ヒュー・ロフティング　河合《かわい》祥《しよう》一《いち》郎《ろう》＝訳

令和3年 8月25日　初版発行
令和6年 4月25日　再版発行

発行者●山下直久

発行●株式会社KADOKAWA
〒102-8177　東京都千代田区富士見2-13-3
電話　0570-002-301（ナビダイヤル）

角川文庫 22796

印刷所●株式会社KADOKAWA
製本所●株式会社KADOKAWA

表紙画●和田三造

◎本書の無断複製（コピー、スキャン、デジタル化等）並びに無断複製物の譲渡および配信は、著作権法上での例外を除き禁じられています。また、本書を代行業者等の第三者に依頼して複製する行為は、たとえ個人や家庭内での利用であっても一切認められておりません。
◎定価はカバーに表示してあります。

●お問い合わせ
https://www.kadokawa.co.jp/（「お問い合わせ」へお進みください）
※内容によっては、お答えできない場合があります。
※サポートは日本国内のみとさせていただきます。
※Japanese text only

©Shoichiro Kawai 2013, 2021　Printed in Japan
ISBN 978-4-04-111105-5　C0197

◆◇◇

角川文庫発刊に際して

角川源義

第二次世界大戦の敗北は、軍事力の敗北であった以上に、私たちの若い文化力の敗退であった。私たちの文化が戦争に対して如何に無力であり、単なるあだ花に過ぎなかったかを、私たちは身を以て体験し痛感した。西洋近代文化の摂取にとって、明治以後八十年の歳月は決して短かすぎたとは言えない。にもかかわらず、近代文化の伝統を確立し、自由な批判と柔軟な良識に富む文化層として自らを形成することに私たちは失敗して来た。そしてこれは、各層への文化の普及滲透を任務とする出版人の責任でもあった。

一九四五年以来、私たちは再び振出しに戻り、第一歩から踏み出すことを余儀なくされた。これは大きな不幸ではあるが、反面、これまでの混沌・未熟・歪曲の中にあった我が国の文化に秩序と確たる基礎を齎らすためには絶好の機会でもある。角川書店は、このような祖国の文化的危機にあたり、微力をも顧みず再建の礎石たるべき抱負と決意とをもって出発したが、ここに創立以来の念願を果すべく角川文庫を発刊する。これまで刊行されたあらゆる全集叢書文庫類の長所と短所とを検討し、古今東西の不朽の典籍を、良心的編集のもとに、廉価に、そして書架にふさわしい美本として、多くのひとびとに提供しようとする。しかし私たちは徒らに百科全書的な知識のジレッタントを作ることを目的とせず、あくまで祖国の文化に秩序と再建への道を示し、この文庫を角川書店の栄ある事業として、今後永久に継続発展せしめ、学芸と教養との殿堂として大成せんことを期したい。多くの読書子の愛情ある忠言と支持とによって、この希望と抱負とを完遂せしめられんことを願う。

一九四九年五月三日

9巻の『新訳ドリトル先生月から帰る』は…

トミー少年がひとりで月から地球へ帰ってくると、ドリトル先生のおうちや動物園はすっかり荒れはてていた。やっぱり先生がいないとだめなのだ。

トミーはマシュー・マグの店を手伝いながら、先生のお帰りをひたすら待つ。そしてある月食の晩、月に狼煙《のろし》が上がり、ついに先生はポリネシアやチーチー、それから月のネコとともに巨大バッタに乗って地球に帰ってくる。だが驚いたことに、先生はなんと身長6mの巨人になっていたのだった。

やがて先生のお帰りに大喜びした動物たちが、先生のおうちに押しかけて、大変な騒ぎに……。何もできなくなって困った先生は、月での出来事の記録をまとめるために、思いもよらないところにこもることにしたのだ。さて、どこだろう?

ドリトル先生の愉快なお話はまだまだ続く。

2021年12月発売予定

新訳 ドリトル先生の月から帰る
(角川文庫)
ヒュー・ロフティング
訳/河合祥一郎
イラスト/ももろ

Doctor Dolittle

新訳 ドリトル先生シリーズ

発売中

ヒュー・ロフティング 訳／河合祥一郎 （角川文庫）

『新訳 ドリトル先生アフリカへ行く』

世界中で愛される、動物と話せるお医者さんの物語。

『新訳 ドリトル先生航海記』

ニューベリー賞受賞。巨大カタツムリと海底旅行も!?

『新訳 ドリトル先生の郵便局』

世界最速のツバメ郵便で、動物たちに通信教育!?

『新訳 ドリトル先生のサーカス』

アヒルがバレリーナで、子ブタは大スター!?

『新訳 ドリトル先生の動物園』

動物の町を作って、探偵犬と謎解きも!?どんでん返しミステリー!

『新訳 ドリトル先生のキャラバン』

世界初!?涙と笑いの動物オペラ!

『新訳 ドリトル先生と月からの使い』

超巨大生物に乗って、いざ月へ!ちょんまげ犬も登場!

『新訳 ドリトル先生の月旅行』

動物と話せるお医者さんが巨大化!?月でサバイバルする第8巻!